외롭고 높고 쓸쓸할 때 나와 인연을 맺은
모든 불자들에게 이 책을 바친다

짧지만 눈부신 하루

1쇄 발행일 | 2005년 10월 25일

지은이 | 법웅
펴낸이 | 정화숙
펴낸곳 | 개미

출판등록 | 제1999 - 3호 1992. 6. 11
주소 | (121 - 736) 서울시 마포구 마포동 136 - 1 한신빌딩 803호
전화 | (02)704 - 2546, 704 - 2235
팩스 | (02)714 - 2365
E-mail | lily12140@hanmail.net
ⓒ 법웅, 2005

값 10,000원

ISBN 89 - 87038 - 66 - 1 03810

짧지만 눈부신 하루

법웅

개미

책을 내며

때로는 외롭고 힘든 길, 자칫하면 넘어지고 상처받기 쉬운 하루, 우리는 날마다 자비와 지혜의 가르침에 귀기울이면 새로운 삶을 다짐하는 짧지만 눈부신 하루가 될 것이다.

우리에게 찾아오는 하루하루는 그동안 조금도 변함이 없는 하루였다. 그러나 그 하루는 맞이하는 사람들의 마음에 따라 제각기 달라질 수가 있다. 어리석은 사람은 세상이 자기 뜻대로 되지 않는다고 불평불만으로 하루를 보낼 것이고, 참되고 지혜로운 사람은 하루하루가 자신의 일을 성취시켜주는 동반자와 같아 행복하고 기쁜 마음으로 살아갈 것이다.

그래서 아놀드 베네트는 '너무 원대한 꿈은 필요가 없다. 하루하루를 나의 것으로 만들어라. 그것이 곧 실패없는 계획이다.' 라고 말했다.

특히 부처님은 오래 사는 것에 가치를 부여하지 않았다. 단 하루를 살아도 진실을 찾고 남을 위해 봉사하며 창조적인 삶을 누린 사람의 생애보다 더 나은 것은 없다고 했다.

희망과 꿈이 없다면 결국 나태한 생활을 반복할 수밖에 없다. 그러므로 나태한 생활을 떨쳐버리고 하루를 충실하게 사는 거룩함을 발견하는 것이 부처님의 가르침인 것이다. 문제는 시간의 길이가 아니라 어떻게 살아가는가 하는 것이다.

우리의 문제를 해결해 줄 지혜란 멀리 있지 않다. 마치 파랑새를 찾아 끝까지 헤맸던 소년이 자기 집 지붕에서 그 새를 발견했던 것처럼 지혜는 우리의 마음속에 처음부터 자리하고 있는 것이다.

하루 한 편씩 이 원고를 쓰는 동안 나는 사랑하는 사람과 함께 차 한 잔 앞에 두고 마주 앉은 기분이었다. 내 앞에 앉은 그 사람은 위대한 사람도 아니고 유능한 사람도 아니고 하루하루 힘들게 세월을 버티고 있는 바로 '우리'의 모습을 한 사람이었다.

여기에 실린 글들은 대부분 재미있고, 교훈적이며 또 감동적인 이야기들이다. 눈물을 흘리게 만드는 것이 감동의 전부는 아니다. 진정한 감동은 사람을 변화시키는 것이다. 이 글들은 최근의 이야기들도 있지만 대부분은 팔만대장경 속에 숨어있는 감동적인 경전들을 중심으로, 또 그동안 읽었던 책들 중에서 기억나는 대로 재구성한 것들도 있다.

이 책을 읽는 독자들에게 한 가지 당부하고 싶은 말은 단순히 비유나 예화들을 옛날 이야기쯤으로 가볍게 넘기지 말고 각 내용마다 깊이 생각하고 음미하면서 읽고 마음에 새겨 실천하고 노력해주기를 바란다. 그러면 수천 년의 시간과 공간을 초월하여 부처님과 만남의 장이 될 것이라 확신한다.

일탈의 자유로움이야말로 현대문명의 족쇄로부터 벗어나려는 우리들의 가장 먼저 가지려는 지혜가 아닌가.

그런 의미에서 이 책은 일상의 무게로부터 떠나는 자유와 다시 그곳으로 돌아와 내 삶의 진정한 터전을 찾는 지혜를 주는 책이 될 수 있을 것이다.

어렵게만 느껴지는 불교의 경전을 보다 많은 젊은이들이 쉽게 접함으로써, 생의 광막한 들판에서의 나침반 같은 역활을 할 수 있게 만들어진 책『짧지만 눈부신 하루』를 읽고 오늘을 사는 사람들이 정신의 자유로움을 통해 진정한 삶의 지표를 향유할 수 있게 되기를 바란다.

사람끼리 부대끼며 살아가는 것이 삶이라면, 그리고 거기에 필요한 것이 사랑, 이해, 용서, 베풂, 미소, 낮춤, 여유, 관용이라면 이 글 속에서 모든 것들과 만나게 될 것이다. 놓치기 쉬운 소중한 것들이 녹아있는 짧지만 긴 여운을 주는 글들, 이제는 이 글을 읽는 독자들이 모두가 자신의 삶의 모습을 돌아보는 마음 따뜻한 시간을 갖게 되기를……

따뜻한 가슴으로 사진을 찍어준 중앙대학교 신문방송학과 김다미 학생에게 감사함을 전한다.

2005년 가을
법웅 합장

책을 내며 · 5

1 지혜의 연못

어머니의 사랑 · 14

포기하지 않은 믿음 · 17

넘치는 찻잔 · 19

사랑의 슬픔 · 22

모란꽃과 소나무 · 25

세상에서 가장 아름다운 것 · 28

어머니의 허리띠 · 31

머리핀이 가져다 준 기쁨 · 33

때늦은 어머니 사랑 · 35

비워둔 다른 한 손 · 37

진정한 아버지의 자리 · 39

욕심쟁이 물장수 · 42

한 송이 꽃 · 45

희망과 절망 · 47

황금손 · 50

보석의 충고 · 53

어둠에서 빛으로 가는 사람 · 59

가장 즐거운 것 · 62

어떤 다툼 · 65

삼 년만에 외운 게송 한 구절 · 68

운명에 대하여 1 · 73

운명에 대하여 2 · 75

운명에 대하여 3 · 78

왕이 되는 자격 · 79

2 깨달음의 연못

훌륭한 의사 아버지 · 84

어리석은 개구리 · 88

아름다운 새 · 91

깨달음 · 93

재물에 대한 집착 · 95

동전 두 닢의 공덕 · 101

우두머리 원숭이 · 103

무의식과 타성의 삶 · 106

때늦은 후회 · 108

태양을 쏘다 · 111

동자승과 자라 · 114

네 명의 친구 · 116

도둑의 깨달음 · 120

부부의 사랑 · 123

이심전심 · 125

진정한 친구 · 127

자비를 베풀어라 · 130

참다운 여행 · 134

가장 괴로운 것 · 137

마녀의 슬픔 · 140

남편의 아내들 · 142

아들의 눈물 · 146

수행자의 자만심 · 148

독사가 된 사나이 · 151

3 인연의 연못

어리석은 부부 · 156

그릇된 소견 · 158

자비를 베푼 왕 · 161

어리석은 행동 · 164

수행자와 사냥꾼 · 167

앵무새의 우정 · 173

옷 한 벌 보시한 공덕 · 176

어머니의 슬픔 · 181

당신의 공덕 · 184

원숭이 왕의 지혜 · 188

보살의 자비 · 191

임금님의 깨달음 · 197

양들의 다툼 · 200

어부의 횡재 · 204

아버지와 그 아들 · 207

교활한 장사꾼 · 210

학자의 교만 · 214

이미 지난 일에 집착하지 말라 · 216

소신있는 충언 · 218

꾀많은 쥐 · 221

계모를 감동시킨 아들 · 225

겸손의 미덕 · 228

부자의 깨달음 · 231

거위의 지혜 · 235

4 자비의 연못

사슴의 한탄 · 240

생각의 전환 · 242

아이와의 약속 · 245

아버지의 가르침 · 248

여우의 재치 · 250

인색한 노인 · 253

작은 은혜 · 256

청개구리의 말 실수 · 259

황금빛 사슴의 용기 · 262

총명한 어부 · 265

하얀 참새 · 269

훌륭한 스승과 제자 · 273

나그네의 깨달음 · 276

어리석은 하인 · 278

늑대와 꼬리 · 280

신의를 지킨 신하 · 283

수다쟁이 왕 · 286

독 속의 여인 · 288

아들을 죽인 어리석은 부인 · 290

토끼의 지혜 · 292

나그네와 오두막집 · 297

옹기장이와 나귀 · 299

장자의 지혜 · 301

어리석은 소치기 · 303

1
지혜의 연못

어머니의 사랑

어느 범죄자와 그의 어머니 사이에 있었던 이야기다.

교도소에 수감된 아들의 면회 날짜가 다가왔다.

어느 가난하고 외떨어진 산촌에서 올라온 어머니는, 감옥에서 복역하고 있는 아들을 보기 위해 몇 십리를 걸어 나와 자동차와 기차를 갈아타고 여러 곳을 지나서 겨우 교도소에 도착했다.

가족이나 친지를 면회하러 온 사람들은 각양각색의 물건을 가지고 왔다. 그런데 어머니는 하얀 보자기에 싼 해바라기 씨를 꺼내서 아들에게 주었다.

해바라기 씨는 이미 볶아서 익힌 것이었고, 게다가 한 알 한 알 모두 어머니가 손수 껍질을 까놓았다. 그 모습은 마치 작고 하얀 참새의 혀가 빽빽하게 들어찬 것 같았다.

해바라기 씨를 받아 든 아들의 손은 천천히 떨리기 시작했다.

어머니는 멀고 힘든 길을 마다하지 않고 아들을 보기 위해 한달음에 달려왔던 것이다.

달걀을 팔고, 기르던 새끼 돼지도 팔고, 또 그것도 부족하여 어머니는 더 이상 줄일 것이 없는 생활비를 더욱 쪼개고 쪼개 모은 돈으로 아들을 보기 위한 여비를 마련했다.

교도소에 오기 전까지 낮에는 힘든 노동으로 온몸이 지쳐 갔고, 밤에는 등잔불 아래서 오직 아들을 위해 해바라기 씨를 하나하나 정성스럽게 깠던 것이다.

껍질을 벗긴 해바라기 씨가 하나하나 쌓여가도 어머니는 아까워서 단 한 개라도 당신의 입으로 가져가지 않았다. 열 근이 넘는 해바라기 씨를 모두 까기 위해 어머니는 몇 날 며칠 밤을 하얗게 새었던 것이다.

복역 중인 아들은 고개를 푹 숙였다.

신체 건강한 젊은이로 마땅히 자신의 어머니를 봉양해야 할 때, 그는 그렇지 못했다. 면회 온 다른 사람들의 가족들과 비교해 보니 어머니가 입은 옷이 가장 남루했고 초라하기 그지없었다. 어머니는 한 알 한 알 해바라기 씨를 깔 때마다, 그 안에 말로는 표현할 수 없는 많은 마음을 담아가며 하얀 밤을 지새우고 오직 아들을 만나보겠다는 일념에 차 있었던 것이다.

아들은 갑자기 어머니 앞에 무릎을 꿇었다.

그는 참회의 눈물을 하염없이 흘리고 말았다.

죽비소리 | 부모님을 존경할 줄 모르고, 또한 효도할 줄 모르는 사

람에게 인의를 말하지 마라. 그들은 원래 인의에 대해 전혀 깨닫지 못한다. 자신의 부모에게도 인간의 도리를 다하지 않는다면, 다른 사람에게는 어떻게 대할지 말하지 않아도 알 수 있다.

포기하지 않은 믿음

 그는 멕시코 만류에 조각배를 띄우고 혼자 고기잡이를
하는 노인이었는데, 한 마리도 낚지 못한 날이 84일이나 계속되
었다. 처음 40일간은 한 소년이 함께 다녔지만 한 마리도 못 잡는
날이 49일이나 계속되므로, 소년의 부모는 드디어 노인이 끝장난
살라오가 된 것이라고 말하면서 노인의 배를 못 타게 했다. '살라
오'라는 말은 스페인어로 지독한 불운을 뜻하는 말이다.
 헤밍웨이의 『노인과 바다』에 나오는 시작 부분이다.
 84일간을 바다에 나갔지만 한 마리의 고기도 낚지 못하는 지독
한 불운을 딛고 산티아고 노인은 다시 85일째 되는 날 새벽 더 멀
리 바다를 향해 조각배를 띄우면서, 어딘가에 그가 잡을 커다란
고기가 분명히 있을 것이라는 믿음을 포기하지 않았다.
 그리고 85일째 되는 그날 정오에 산티아고 노인은 드디어 찾아

다니던 큰 고기를 잡지만, 그 고기를 잡아서 배에 묶기까지 무려 이틀 반이나 홀로 바다에서 고기와 싸우지 않으면 안되었다. 그 모든 고통과 싸움을 견디고 돌아오지만, 결국 그가 집에 돌아왔을 때는 배보다 더 컸던 고기는 상어 떼에게 다 뜯기고 뼈와 꼬리만 남아 있었다.

산티아고 노인이 그처럼 오랫동안 바다에서 홀로 싸워 얻은 것은, 겉으로 보기엔 아무것도 없는 것처럼 보인다. 그러나 처음부터 이 소설은 승리를 이야기하고 성취와 상실을 얘기하려는 것이 아니다. 다만 자연의 질서에 대한 긍정과, 패배를 할 수밖에 없는 인간의 삶에 대한 강한 의지를 얘기해 주고 있다.

사흘 낮밤을 고기와 싸우면서도 자신의 고통을 결코 인정하려 하지 않는 노인의 정신력을 통해, 인간이 어떤 일을 얼마만큼 해 낼 수 있으며, 인내력이 어떤 것인가를 보여주려고 하는 작가의 의도가 이 작품 속에 잘 나타나 있다.

84일간의 지독한 불운에도 불구하고 85일째 되는 날 다시 바다를 향해 떠나는 산티아고 노인은, 스스로 희망을 버린다는 것은 죄악이라고까지 말하고 있다.

죽비소리 | 어떤 일을 시도했다가 실패해서 지쳐 있거나, 실패하는 것이 두려워, 혹은 만족스럽지 못한 결과가 두려워서 미리 포기하는 사람은 없는지. 그러나 인생에 있어서 행운은 항상 84일간의 긴 불운을 견디고 난 후에, 그리고도 다시 시작하기를 포기하지 않았을 때만이 찾아온다.

넘치는 찻잔

　박학다식하고 재능이 많기로 천하가 알아주는 사람이 있었다. 그러나 세상은 그를 우대해 쓰려 하지 않았다. 대학을 졸업하고 몇 곳에서 직장생활을 해보았지만 그는 한 곳에 오래 있어보지 못했다. 어느 곳에서든 그의 재능과 지식을 제대로 알아주지 않는다는 것이 그의 불평이었다.

　그럴 때마다 그는 직장을 옮겼다. 자신의 재능을 높이 사주고 인정해 주는 직장을 찾아서였다. 그러나 그 때마다 그는 몇 달을 버티지 못하고 직장을 때려치우곤 했다.

　이제 그는 세상에 대한 불평불만으로 가득차 독설가로 변해 있었다. 그런 그에게 어느 날 친구가 찾아 왔다. 그러자 그는 친구를 붙들고 자신을 알아주지 않는 세상을 욕하기 시작했다.

　한참 동안 그의 불평을 듣고 있던 친구가 조용히 말을 했다.

"세상이 자네의 재능을 알아주지 않는다고 불평하기 전에 왜 세상이 자네를 중용하지 않는지를 알아야 하네. 그것은 자네의 많은 지식 때문이네. 다시 말해서 자네는 가득찬 술잔과 같아서 더 이상 새로운 것을 채울 공간이 없단 말일세. 자네는 지식을 뽐내려 들기만 하지 새로운 것을 받아들이려 하지 않기 때문이란 생각을 해보지 않았는가. 이런 자네에게 꼭 들려주고 싶은 일화가 있네. 들어보겠나?"

그러면서 친구는 다음과 같은 이야기를 들려주었다.

고명한 선승에게 한 사람이 찾아 왔다. 그 선승에게 좋은 가르침을 받기 위해서였다. 그 사람은 선승에게 자기의 고민거리를 늘어놓기도 하고 앞날의 포부도 이야기했다. 또한 자기의 과거를 주절거리다가 앞으로 겪을 일을 떠벌리기도 했다. 그러고 나서 선승에게 일일이 의견을 물었다. 그러나 선승은 아무 대답도 않고 그 사람의 앞에 놓인 찻잔에 차를 따랐다. 차가 찻잔에 가득 찼는데도 멈추지 않고 자꾸만 따랐다. 드디어 차가 넘쳐흘렀다.

놀란 그 사람이 선승의 손을 붙잡으며 말했다.

"차가 이렇게 흘러넘치는데도 왜 자꾸만 따르십니까?"

그제서야 선승이 입을 열었다.

"이 찻잔과 마찬가지로 당신은 지금 자신의 생각으로 가득차 있습니다. 우선 당신의 잔부터 비우시오. 그러지 않고는 내가 어떻게 선을 가르쳐 드릴 수 있겠습니까?"

죽비 소리 | 원래 우리의 마음은 깨끗한 종이와 같다. 그 깨끗한 종

이 위에 탐욕, 노여움, 어리석음, 번뇌, 애착 등등의 불청객이 찾아 드는 것이다. 이런 불청객들은 본래부터 나의 것이 아니라 스스로의 마음을 잘 다스리지 못할 때 파고드는 독소들이다. 그러므로 이들 유혹을 떨쳐내려는 노력과 극기심을 갖추지 못한다면 유혹의 뒤안길인 고통과 파멸의 길을 스스로 찾는 것과 다름이 없을 것이다.

사랑의 슬픔

어느 철학자가 저녁 식사 후 밖으로 산책을 나왔다.

그 때 우연히 한 사람이 매우 슬퍼하며 눈물을 흘리는 것을 보았다. 철학자는 그 사람에게 다가가 무엇 때문에 그렇게 슬퍼하는지 물었다.

그는 대답했다.

"실연을 당했어요!"

철학자는 그의 상심 어린 대답을 듣고 나서 손뼉을 치며 크게 웃었다.

"이 어리석은 사람아!"

그 남자는 울음을 멈추고, 화를 내며 물었다.

"교양이 있으신 분들은 그렇게 다른 사람을 비웃고 우롱해도 됩니까?"

철학자는 고개를 저으며 말했다.

"나는 자네를 비웃지 않았네. 자네 스스로가 자신을 비웃어야 한다네."

철학자는 그가 이해하지 못하는 것 같아 계속해서 설명해 주었다.

"자네가 그렇게 상심하는 것을 보니, 자네 마음속에는 아직 사랑이 있다는 것이네. 자네 마음속에 사랑이 있다면, 상대방은 필경 사랑이 없을 것이네. 그렇지 않다면 왜 헤어졌겠는가? 하지만 사랑은 자네 쪽에 있으니, 아직 사랑을 잃어버린 것은 아니네. 단지 자네를 사랑하지 않는 한 사람을 잃은 것뿐인데, 그렇게 상심할 필요가 있는가? 내 생각에는 자네는 집으로 돌아가서 편안히 잠이나 자게. 울어야 할 사람은 자네가 아니라 그 여자야. 그녀는 자네를 잃었을 뿐만 아니라, 마음속에 있는 사랑도 잃어버린 거야. 얼마나 슬픈 일인가!"

실연한 남자는 철학자의 그 말을 듣자 가슴을 쓸어버릴 듯하던 슬픔은 갑자기 기쁨으로 바뀌었다. 어떻게 이런 평범한 도리를 꿰뚫어 보지 못한 것인지, 자신을 원망했다. 그는 철학자에게 허리를 굽혀 인사를 한 뒤, 돌아서서 그곳을 떠났다.

죽비소리 | 정말 행운은 이 실연한 남자가 우연히 그 철학자를 만난 것이다. 만일 그렇지 않다면 그는 여전히 자신의 어리석음을 깨닫지 못했을 것이다. 사랑이란 두 사람이 같이 만들어 내는 결정체라는 것을 알지 못한 것이다. 이것 역시 젊은이들이 경험으로 깨달

아야 하는 교훈이다. 우리는 그러한 경험에서 과연 무엇이 옳고 그
른지 도리를 깨달아야 한다.

모란꽃과 소나무

계절은 속일 수 없는 법이다.

여름이 오자 화단의 꽃들은 제각기 아름다움을 뽐내며 앞다투어 피기 시작했다.

화단 가운데는 세 그루의 모란과 작은 소나무 한 그루가 있었다. 세 그루의 모란은 각기 흰 꽃과 빨간 꽃과 보라색 꽃을 피워 올리고 있었다.

향기가 없는 대신 눈부시게 아름다운 모란은 꽃송이도 클뿐 아니라 자태 또한 요염했다. 그들은 이 화단 안에 있는 꽃들 중에 자기들보다 예쁜 꽃은 없다고 생각했다. 그래서인지 그들의 태도는 오만방자하기 이를 데 없었다.

작은 소나무는 불행하게도 세 그루의 모란꽃 옆에 있었기 때문에 매우 초라해 보였다. 더군다나 그 작은 소나무는 다른 소나무에 비해서도 더욱 볼품이 없었다.

그러던 어느 날, 바람이 약해지자 걱정거리가 없어진 모란꽃들은 소나무를 비웃기 시작했다.

흰 모란꽃이 말했다.

"저 소나무는 자기 얼굴도 보지 않는가 봐. 키만 길쭉해 갖고 생긴 건 또 뭐 저래. 저렇게 못생긴 게 우리 옆에 있다니 창피해서 원."

그러자 이번에는 빨간 모란꽃이 말했다.

"소나무 너 말야, 네 모양 좀 봐라. 얼마나 더러운가. 잎은 끝이 뾰족뾰족한 게 마치 고슴도치 같잖아. 그래? 안 그래?"

두 모란꽃이 이렇게 소나무를 구박하자 보라색 모란꽃도 질세라 끼어들었다.

"소나무야, 난 네 꼴 안 보게 되면 속이 다 후련 하겠다."

그러는 사이 해가 지고 밤이 되었다. 낮에는 바람마저 잔잔한 맑은 날씨였으나 밤이 되면서 바람이 거세게 불고 비가 오기 시작했다.

그러자 모란꽃들은 비바람에 시달려 가지가 부러지고 꽃이 찢겨 나갔다. 그러나 소나무는 그 자세 그대로 서서 비바람을 조금도 무서워하지 않고 견뎌 냈다.

다음 날 아침 비바람이 멈추자 작은 소나무는 더욱 새파랗게 빛났다.

소나무는 그제야 생각난 듯 옆에 있는 모란꽃을 보았다. 두 그루 모란꽃은 이미 쓰러져 있었고, 보라색 모란꽃만이 겨우 서 있었다. 그러나 뿌리가 들떠서 잎이 누렇게 변해 곧 죽을 것 같아 보였다.

보라색 모란꽃이 소나무에게 말했다.

"이봐 작은 소나무, 우린 틀렸어. 생김새는 비록 흉하지만 네가 누구보다도 강하다는 걸 이제야 알았어. 우리는 모양만 예쁘지 쓸모가 없어."

죽비소리 | 이해관계로 맺어진 세속적인 우정은 종종 악의 공모자가 되기도 하고 쾌락으로 빠져드는 길을 택하기도 한다. 그래서 「명심보감」에도 '얼굴을 아는 사람은 수없이 많지만, 마음을 아는 이는 과연 몇 사람이나 될까' 하였다. 진정한 동반자를 얻기위해서는 먼저 좋은 벗을 가릴 줄 아는 지혜가 있어야 하겠다.

세상에서 가장 아름다운 것

천상에서 인간세상을 내려다보던 왕이 한 신하에게 이르기를,

"인간세상에서 가장 아름답다고 느껴지는 것을 하나만 가져오도록 하라."

인간세상에 내려온 신하는 가장 아름다운 것 '하나'를 찾아 헤매었고 마침내 그 아름다운 것은 꽃, 아기, 어머니 세 가지로 압축되었다.

꽃은 누가 보든 말든 때가 되면 활짝 피어 사람들의 마음을 밝게 하기에 아름다웠고, 티 없이 맑은 눈망울로 천진스럽게 웃는 해맑은 아기의 웃음이 신하의 마음을 사로잡았고, 아기에게 젖을 물리고 기저귀를 갈아주며 잠재우기 위해 아기의 등을 두드려 주는 어머니의 얼굴에는 언제나 모성애가 넘쳐 참으로 아름답게 느

껴졌다는 것이다.

'가장 아름다운 것 하나만 이라고 했는데 세 가지니 어느 것을 택할 것인가?'

선택의 고민 끝에 결정을 하지 못한 신하는 세 가지 모두를 가져왔고, 뜻밖에도 왕은 꾸지람 없이 아주 유쾌하게 웃기만 할 뿐이었다.

얼마의 세월이 흐른 후, 신하는 인간세상에서 가장 아름다운 것이 무엇인지 저절로 알게 되었다.

언제나 활짝 피어있을 줄 알았던 꽃이 시든 후에도,

티 없이 맑기만 할 줄 알았던 아기가 자라 마음이 변한 후에도, 아기에게 젖을 먹이며 미소짓던 어머니의 사랑은 언제나 한결 같았기에…….

세상에서 가장 아름다운 것은 마냥 베푸는 어머니의 사랑이었다.

한 아름의 꽃다발과 함께 방실거리는 아기를 안고 있는 어머니.

세상에서 아름답다는 세 가지가 모였으니 더 이상 말이 필요 없다.

사실 어머니라는 그 이름 하나 만으로도 너무나 아름답다.

그러나 때때로 우리는 그 아름다운 사랑을 잊고 살아간다.

대다수의 가장들은 거의 잊고 산다는 표현이 맞는 것 같다.

세상 일이 모두 뜻대로 되지 않듯이 여러 가지 사정으로 큰일이나 명절 등에만 얼굴을 내미는 경우가 다반사이다.

어느덧 어엿한 부모가 되어 있는 우리 세대.

머지않아 지금 우리가 부모님에게 하는 그런 나날들을 맞이하게 될 것이고 지금보다도 더 자신들만 생각하는 세대가 뒤를 이을 것은 자명하다.

그런 자녀의 자녀들에게까지 부모님의 은혜를 알도록 가르치는 것은 우리 스스로가 솔선수범하여 보여주는 것이 최상일 것이다.

살다보니 어쩔 수 없이 찾아뵙지 못한다면 자녀들 앞에서 자주 전화상으로 나마 안부를 물어야 할 것이고 그런 모습을 보이는 그 자체만으로도 이미 교육효과는 있을 것이다.

마음으로만 늘 효도를 생각하는 것으로는 왠지 무척이나 부족하다는 느낌을 지울 수 없다.

실천 없는 마음속의 효도는 이미 죽은 아름다움이나 다름 아니고 두고두고 곱씹으며 한스럽게 눈물짓는 후회의 근원이 되기에 먼 훗날을 위해서라도 살아 계신 생전에……

지금 이 순간에 잘 해야 될 것이다.

죽비소리 | 인간에게는 여러 가지 모습이 있다. 그 가운데 어떤 모습이 자기 자신을 그토록 사랑스럽게 여기도록 만드는 것일까. 적어도 탐욕스런 모습, 교활한 모습, 방종과 허영에 찬 모습, 무능하고 나태한 모습 등은 아닐 것이다. 그러므로 우리는 어떠한 모습의 자기를 사랑해야 할 것인가에 대해 깊은 자각의 눈을 떠야 하겠다. 말하자면 자기를 발견하려는 끊임없는 노력과 반성이 없다면 참으로 사랑해야 할 자신의 모습을 쉽게 놓쳐버릴 것이기 때문이다.

어머니의 허리띠

이것은 어느 여행자와 그 어머니 사이에 있었던 이야기다.

여행자는 고향 방문 휴가를 끝내고 직장으로 복귀하러 고향을 떠나야했다. 어머니는 그를 기차역까지 배웅했다.

기차역에서 기차의 출발 시간은 다가오는데, 갑자기 아들의 여행 가방의 끈이 끊어졌다. 어머니는 급히 자신의 허리띠를 풀어서 아들의 여행 가방을 단단히 잡아매었다. 가방 끈을 묶을 때, 어머니는 얼마나 마음이 조급하고 있는 힘을 다했는지 온통 얼굴이 붉어졌다.

아들이 '어떻게 집까지 돌아가실 수 있겠느냐'고 어머니를 걱정하며 말하자,

"난 괜찮아, 천천히 걸어가면 되지."

몇 해가 지난 지금까지 아들은 항상 어머니의 허리띠를 소중히

보관하고 있다.

아들은 가끔 '어머니가 허리띠도 없이 어떻게 몇 리나 떨어진 집으로 돌아가셨을까' 하고 생각하며 그 깊숙한 사랑에 감동되곤 한다.

죽비소리 | 자녀들을 위한 것이라면 어디 허리띠 하나뿐일까, 심지어 자신의 생명을 주라고 해도 주실 수 있는 것이 바로 어머니의 사랑이다.

머리핀이 가져다 준 기쁨

민아 아빠는 어느 날 직장을 그만두게 되었다. 집안의 수입원이 될 만한 것은 아무것도 없었고, 그 바람에 가정 형편은 말이 아니었다.

어느 날 민아는 길을 가다가 상점의 쇼윈도에서 붉은색 플라스틱 꽃으로 된 작은 머리핀을 보았다. 순간 민아는 붉은 머리핀을 너무나 갖고 싶었다. 한달음에 집으로 달려와서 엄마에게 2천 원만 달라고 때를 썼다.

"2천 원이면 생선 한 마리를 살 수 있단다."

엄마는 한숨을 내쉬며 말했다. 그 이야기를 들은 아버지는 다음과 같이 말했다.

"2천 원으로 우리 아이들에게 즐거움을 사 줄 수 있다면 어렵더라도 딸에게 줍시다. 이 기회는 아마도 오늘이 지나면 만나기 힘들지도 몰라."

　민아가 생선의 맛을 잊은 지는 이미 오래되지만, 지금까지도 머리핀이 가져다준 기쁨을 기억하면 할수록 박하사탕처럼 환한 느낌을 갖게 한다.

죽비소리 | 즐거움은 영원히 사치품이 될 수 없다.

때늦은 어머니 사랑

스물아홉 살 때 과부가 된 여자가 있었다.

그녀는 혼자 남겨져 힘들게 1남 1녀의 자녀를 키우며 힘든 나날을 보냈다. 주위에서 재가하라는 권유를 끊임없이 받았지만, 그녀는 아이들이 혹시 억울해 하거나 슬퍼할까 봐 끝까지 뜻을 굽히지 않았다.

마침내 아들은 성장하여 어른이 되어 직장을 따라 다른 도시로 나가 살게 되었다. 아들은 자신의 사정이 좋아지면 어머니와 여동생을 그곳으로 모셔와 함께 살겠다고 굳게 마음먹었다. 그래서 아들은 일찌감치 어머니를 위해 새 옷과 어머니가 가장 좋아하는 낮은 굽의 편안한 신발 한 켤레를 준비해 놓았다.

온 가족이 함께 살 수 있는 행복한 그 날을 기다리기만 하면 되었다.

그러나 여러 가지 원인으로 인해 한 번, 두 번…….

어머니와 여동생을 데리고 올 기회를 놓쳤다.

어느 날 갑자기, 그는 여동생이 보낸 전보를 받았다. 전보에는 어머니가 뇌출혈로 갑자기 세상을 뜨셨다는 내용이 적혀 있었다.

급히 고향으로 돌아가 직접 어머니에게 새 옷을 입히고, 발에 신발을 신기며 눈물을 흘렸다. 후회하는 마음은 바늘이 되어 그의 온몸을 상처투성이로 만들었다.

죽비소리 | 나무는 고요하게 있고 싶어 하지만 바람은 그치지 않는다. 이와 같이 사람의 일도 모든 것이 자신이 바라는 대로 되지는 않는다. 자녀들이 부모를 모시고 싶어할 때, 어쩌면 부모는 그때까지 기다릴 수 없을지도 모른다. 우리들은 부모님을 위해 무슨 일을 할 때, 항상 좋은 날을 선택하려고 한다. 하지만 연로하신 부모님께는 자녀들이 선택한 좋은 날을 기다리는 것은 큰 도박과 같다.

비워둔 다른 한 손

어느 부부가 함께 쇼핑을 하면서 하나 가득 물건을 샀다.

그들 부부에게는 쇼핑의 원칙이 있다.

아내는 오로지 물건을 고르고 사는 일에만 몰두하고, 남편은 그렇게 산 물건들을 나르는 일을 담당하는 일이다.

집으로 돌아오는 길에 부부는 과일 가게를 마주쳤다. 수박을 사려고 가격을 물어보니 가격은 적당했다. 아내는 수박이 먹고 싶다며 사겠다고 했지만 남편은 더 이상 물건을 들 손이 없으니 이제 그만 사자고 말했다.

아내는 웃으며 그러면 자신이 들겠다고 했다.

수박 한 통은 보통 4킬로그램 정도가 되었다. 남편은 왼손으로 수박을 들고, 아내는 오른손으로 수박을 들었다. 그때 그들 중 누구도 한 사람이 그것을 혼자 들자고 하지 않았다.

그들 두 사람이 자연스럽게 비어 있던 손을 함께 모았을 때, 부부는 갑자기 깨달았다.

한 손에 모든 무게가 견디게 하는 것은, 원래 다른 한 손을 비워 타인과 함께 앞으로 나갈 수 있도록 하기 위함이었다는 것을.

죽비소리 | 남자가 여자보다 힘이 세다 는 것은 부정할 수 없다. 그러므로 물건을 들 기회도 당연히 여자보다 많다. 단, 사랑을 위해서라면, 기꺼이 모든 물건을 들 수 있어야 하겠다.

진정한 아버지의 자리

한 가정의 아버지가 있었다.

그는 매일 술을 마시면서 생활했다. 함께 사는 부인과 만나 결혼하게 된 것도 그에게는 목적을 이루기 위한 방편에 불과했다.

그는 누구에게든지 왕처럼 대접받고 싶어했다. 그러나 이웃의 그 누구도 그를 칭찬하고 대접해 주지 않았기 때문에 가정을 갖고 그 가정에서 왕처럼 군림할 수 있다는 생각에 서둘러 결혼을 하게 된 것이다.

그 사람은 아내를 종처럼 부리고 학대하며 큰 소리로 고함치기를 일삼았고 집안 분위기를 공포스럽게 만들었다.

견디기 어려워 눈물짓는 부인을 향해 무섭게 소리치고, 어떤 때는 순종하지 않는다면서 주먹질을 하기도 했다. 부인이 아기를 갖게 되었어도 포악한 남편의 성격은 고쳐지질 않았고, 마침내 모든 것을 포기한 부인은 그런 남편을 불쌍하게 생각하면서 비위를 건드리지 않으며 묵묵히 순종하며 살았다.

하지만 어느 순간부터 남편은 자신이 껍데기에 불과한 왕이라는 사실을 알게 되었다. 보기에는 절대적인 존재며 군림하는 왕처럼 보였지만 사실은 가장 보잘 것 없는 자리에 있다는 사실을 깨닫기 시작한 것이다. 오히려 자신의 학대에 숨죽여 봉사하는 아내가 왕의 모습으로 보였다.

한참 재롱을 떨면서 아빠에게 매달리며 생글거려야 할 어린 아들까지도 아버지만 보면 숨도 제대로 쉬지 못하고 피해 달아났다.

주위 사람들의 사는 모습을 보면서도 느낄 수 없었던 자신의 잘못된 생활들을 어느 날 문득 스스로를 바라보게 된 것이다.

왕처럼 군림하며 살았지만, 정말 가져야 할 것을 갖지 못한 자신을 발견하게 된 것이다.

모든 사람들로부터 존경과 칭찬을 받고 싶었던 자신의 욕심이 이웃에게서는 물론 자기가 만든 가정에서조차 받지 못하고 있음을 깨달은 것이다.

아내는 모든 것에 순종하고 복종하는 듯 행동했지만, 존경과 사랑으로 기쁘게 봉사할 뜻이 없었다. 귀여운 아들도 아버지를 피하고 무서워하며 울던 울음까지도 그칠 만큼 조심스러웠지만, 아버지가 존경스럽고 왕처럼 보여서가 아니라 끔찍하고 무섭고 싫어서였다는 것을 깨닫게 된 것이다.

죽비소리 | 내 남편이 없으면 안 되는 왕국, 우리 아빠가 없으면

안 되는 왕국에서 진정한 왕의 모습으로 있을 수 있을 때, 이웃과 직장, 그 밖에서도 존경과 칭찬을 받게 된다.

욕심쟁이 물장수

사막 한복판에 커다란 야자나무 한 그루가 서 있었다. 그 나무 아래에서 샘물이 솟았다. 불볕이 타는 사막에서 그 샘물은 바로 생명수였다. 사막을 여행하는 사람들은 언제나 그 나무 아래에 와서 쉬면서 갈증을 달래곤 했다. 그런데 그 샘물은 원래 주인이 따로 있었다. 그 사람은 돈을 받고 그 샘물을 팔았다.

어느 날 아침 일찍 샘터를 돌아보던 주인은 그 커다란 나무가 물을 흠뻑 머금고 있는 것을 발견했다. 그 나무가 머금고 있던 물은 밤새 내린 이슬이었다.

그러나 나무의 주인은 그것이 이슬인지 몰랐다. 그때 그는 기발한 생각을 떠올리고는 무릎을 쳤다. 나무를 베어 없애 버린다면 나무가 머금고 있던 물이 모두 샘에 모일 것이고, 그러면 물장사도 지금보다 훨씬 더 잘될 것이라고 생각했던 것이다.

그래서 주인은 그 나무를 베어 버리고 말았다. 그러나 주인의 생각과는 달리 나무를 베어 버린 지 며칠이 지나자 그 샘물은 말라 버리고 말았다. 햇볕을 가려주고 모래바람을 막아주던 나무를 잃어버린 샘에서 물이 솟아날 까닭이 없었던 것이다. 결국 그 나무와 샘의 주인은 더 많은 물과 돈을 욕심내다가 나무와 샘물 모두를 잃고 말았던 것이다.

어느 산 속에 조그만 암자가 있었다. 그 암자에는 주지 스님과 어린 동자승이 살고 있었다. 그런데 암자 뒤 바위틈에서 매일 두 사람이 먹을 만큼의 쌀이 나왔다.

그러던 어느 날 주지 스님이 출타하고 없을 때 동자승이 그 바위 구멍을 후벼 팠다. 매일 조금씩 감질나게 나오는 것에 지쳐, 한꺼번에 많은 쌀을 꺼내고 싶었던 것이다.

그러나 구멍을 파면 쌀이 무더기로 쏟아져 나올 줄 알았는데, 그 뒤부터는 한 줌의 쌀도 나오지 않았다. 이 역시 작은 것을 탐하다가 큰 것을 잃은 소탐대실의 결과이다.

사람의 욕심은 끝이 없다고들 한다.

팔만대장경에서는 '욕심이란 만족을 모르는 불가사리'라고 했다.

'하늘이 칠보를 비처럼 내려도 욕심은 오히려 배부를 줄을 모르나니, 즐거움은 잠깐이요 괴로움이 많음을 어진 사람은 깨달아야 한다.'라는 법구경의 말도 있다.

죽비소리 | 우리는 사랑하는 사람에게나 또는 멀리 떨어져 있는

그리운 친구에게 편지나 예쁜 카드를 보낸다. 그 편지나 카드를 돈으로 따지자면 몇 백 원에 불과하지만, 거기에 담긴 순수한 마음은 가을하늘보다도 맑고 밤하늘의 별보다도 아름다운 것이다. 만일 이러한 마음을 모든 사람에게 베풀 수 있다면, 그것이 바로 보살의 마음인 것이다.

한 송이 꽃

어느 부부가 있었다.

이들은 함께 몇 십 년간을 같이 살았지만, 남편은 아내에게 한 번도 꽃을 선물한 적이 없었다. 그 보다 더한 것은 한 번도 아내에게 감사의 정을 표현한 적도 없었다. 이 때문에 아내는 무척 상심했다.

어느 날 저녁, 아내는 남편에게 물었다.

"내가 늘 생각한 것이 있어요. 만일 내가 어느 날 이 세상과 마지막 작별을 하게 된다면, 당신은 돈을 들여 꽃을 산 다음 나에게 애도를 표시할 수 있어요?"

"당연하지. 그런데 왜 그런걸 묻는 거야?"

남편은 물었다.

"그냥 한번 생각해 본 거예요. 사실 그때가 돼서 당신이 많은 꽃을 선물하는 것은 나에게 아무런 의미가 없잖아요. 나는 이미 죽고 없잖아요. 그렇지만 지금 나는 이렇게 살아 있는데 가끔은 꽃한 송이가 나에게는 더없이 중요한 의미가 있어요."

남편은 즉시 그 안에 담긴 뜻을 확실히 깨달았다.

죽비소리 | 많은 가정에서 자신의 반려자가 세상을 떠난 후에서야 몹시 가슴 아파한다. 자신이 당초에 상대방을 소중히 생각하지 않은 것을 후회하며, 다시 잃어버린 감정을 보충하려고 한다. 그렇다면 왜 그녀가 이 세상에 당신과 함께 있을 때는 소중히 여기지 않았는가?

희망과 절망

그날도 어김없이 어부들이 바다로 나갔다. 요사이 도통 수확이 신통치 않았던 터라, 깊은 바다에 그물을 친 그들은 오늘만은 '제발' 하는 심정으로 기다렸다. 그리고 그물을 거둬들이려 할 때 갑자기 활기를 띠게 되었다.

그물이 곧 터질 듯이 무거웠기 때문이다. 배 안의 어부들이 다 같이 달려들어 그물을 당기기 시작했다.

"영차, 영차."

"이거 그물 한 번 무겁다. 역시 먼바다로 나오길 잘했지."

"정말 오랜만에 일한 맛이 나는군. 힘들어도 좋으니 날마다 이랬으면 좋겠어."

"야호, 오늘은 돌아갈 때 마누라랑 자식들한테 모처럼 선물 좀 할 수 있겠군. 그동안 체면이 말씀이 아니었단 말이야."

어부들은 신이 나서 그물을 끌어올렸다.

하지만 만선에의 희망과 기쁨도 한 순간, 그물을 올리고 보니 고기는 몇 마리 없고 누가 버렸는지 문짝이 떨어진 낡은 장롱이 하나 덜렁 들어 있었다. 힘차게 일하던 어부들은 그만 맥이 풀리고 말문이 막혀 버렸다.

마침내 한 어부가 뱃바닥이 꺼질 듯한 한숨을 내쉬며 푸념을 늘어놓기 시작했다.

"젠장, 재수 없는 놈은 뒤로 넘어져도 코가 깨진다더니…… 웬이간 장롱 하나 건지겠다고 우리가 그렇게 신나게 덤벼들었단 말이야? 휴우, 이 정도 수확으로 겨우 서너 사람 일품도 나오기 어렵겠군."

어부들은 금방 서글퍼져서 하나 둘 신세 타령을 늘어놓기 시작했다.

"어휴, 이젠 이 짓도 못해 먹겠군."

"그러게 말야, 나도 도시로 나가 볼까 봐. 품팔이를 하더라도 이것보다는 낫지 않겠나?"

"그러게 말야, 어부 노릇도 이젠 지긋지긋하군 그래."

그때 한 쪽에 조용히 앉아 있던 나이 많은 어부가 이렇게 말하는 소리가 들렸다.

"여보게들, 그렇게 낙심할 것까지 있겠나. 실망이란 보다시피 희망이랑 남매지간이야. 늘 서로 따라다니지. 그래서 새옹지마니 호사다마니 하는 말도 있잖은가. 세상에 어디 기쁜 일만 있을 수 있나. 그렇다고 또 어디 슬픈 일만 있겠는가. 조금 전까지만 해도 우리는 그물이 무겁다고 얼마나 기뻐들 했나. 지금 괴로웠으니 또 이 다음 번엔 그만큼 즐거움이 따를 걸세. 우리 그렇게 생각하세."

다른 어부가 말했다.
"그래 맞아. 또 그물을 던지게나."

죽비 소리 | 모든 종교의 참뜻은 마음의 만족과 평화, 그리고 참된 기쁨을 누리는데 있다. 그런데 그러한 만족과 평화와 기쁨은 바로 자신의 이기심을 허물고 이웃과 더불어 살아갈 때 찾아오는 것이다. 그러므로 이기심을 허무는 것이야말로 신앙인의 첫걸음이라 하겠다.

황금손

마이더스는 부자로 이름난 프리기아의 왕이다. 마이
더스 왕은 어느 날 술에 취해 길을 잃고 자신의 거대한 장미 정원
속을 헤매고 있는 바쿠스 군단의 실레누스를 발견하고, 환대한 다
음 바쿠스 신에게 되돌려 보내주었다. 바쿠스 신은 이 은혜에 보
답하는 뜻으로 마이더스 왕에게 무슨 소망이든 한 가지만 말하면
들어주겠다고 약속했다. 평소 유달리 황금을 좋아하던 마이더스
왕은 바쿠스 신에게 말했다.

"신께서 나의 소청을 들어주시겠다니 감히 말씀드리겠습니다.
제가 손을 대는 것마다 모두 황금으로 변하게 해주십시오."

"그건 어렵지 않은 일입니다. 당신의 소원을 들어드리겠습니
다."

바쿠스 신의 말이 떨어지기가 바쁘게 그 때부터 마이더스 왕의

손이 닿는 모든 것은 황금으로 변해 버렸다. 왕은 그 기쁨을 이루 형언할 수가 없었다.

자기는 이 세상에서 그 어느 왕보다도 재물이 많은 왕이 되었다고 자찬했다. 참으로 행복했다. 정원에 나가 종려나무를 만지자마자 금빛 찬란한 황금가지가 너울거리는 황금나무로 변해 버렸다. 정원을 거닐다가 가까이 와서 꼬리를 치는 개를 무심코 쓰다듬자 그만 그 개도 황금의 개로 변해 버렸다. 귀여워하던 개였던지라 좀 아쉽기는 했지만 황금의 개가 그대로의 모습을 하고 있는 것을 보니 오히려 변치 않아 잘되었다고 생각을 했다.

그러나 왕의 행복은 그리 오래 가지 못했다.

마침내 황금을 만드는 일에 취해 끼니 때가 되었다는 것을 잊고 있었다.

"이제 식사를 한 다음에 다시 황금을 만드는 일을 계속해야겠군."

하면서 시종들에게 식사를 차려 내오라고 명령했다. 진수성찬이 금세 나왔고 왕은 배가 고픈 김에 고기 한 점을 급히 집어들어 입으로 가져갔다. 그런데 그 고기는 이미 황금으로 변해 있었다. 어떻게 해도 음식을 입에 넣을 수가 없었다. 갈증이 심해 물을 마시려고 해도 물통에 손이 가 닿자 어느새 황금으로 변해 버린 뒤였다.

마이더스 왕은 허기와 갈증을 참다못해 다시 바쿠스 신을 찾아가 자기에게 내려준 은혜를 거두어 달라고 간청했다.

인간이 행복해지기 위해서는 황금이 다소간 필요한 것이기는 하다. 하지만 그것이 완전한 행복을 만들어 주지는 못한다. 사람에게 자기 분수에 맞게 사는 것처럼 중요한 일은 없을 것이다.

죽비소리 | 오늘도 우리는 수없는 선택과 도전 속에서 '나는 완벽해야 한다'는 등의 의무감에 시달리고 있다. 한없이 높은 세상의 벽에 부딪치기도 하고 역시 혼자일 수밖에 없다는 외로움에 사로잡히기도 하면서 우리는 보다 크고 아름다운 나무로 자라나기를 원하고 있다. 그러나 너무 큰 욕망 때문에 죽어가는 나무보다 믿음과 사랑의 마음을 지닌 작은 분꽃의 아름다운 삶이 더 큰 행복이 아닐까.

보석의 충고

어떤 남자가 길을 걷다가, 아주 값비싼 보석이 길가에 묻혀 있는 것을 보게 되었다.

그는 그것이 탐이나, 땅을 파서 그것을 꺼내려 했다.

그러나 보석은 생각보다 깊이 묻혀 있었다.

그가 기를 쓰고 보석을 파내려 할 때 어딘가에서 큰 소리로 자신에게 하는 말소리가 들려왔다.

그것은 보석의 충고였다.

"나는 누구에게도 해를 끼치지 않기 위해 여기서 숨어 있어요. 나를 소유하는 사람들은 모두 말썽을 일으키고 사고를 당하지요. 만일 당신이 나를 꺼낸다면, 당신도 예외는 아닐 거예요. 당신의 생활은 조금도 평화롭지 못할 것이며 언제나 위험에 처하게 될 것입니다. 당신은 나를 갖고자 하는 욕망이 너무 커서 내 말을 귀담아 들으려 하지 않는군요. 당신에게 닥칠 위험에 대해 생각해 보세요. 만일 그래도 나를 원한다면 큰짐을 얻게되는 것입니다. 고통과 불행을 초래하지 않도록 여기 숨어 있게 놔두세요.”

보석의 목소리는 충고라기 보다 오히려 부탁에 가까웠다.

그럼에도 그는 좀처럼 고집을 꺾으려 하지 않았다. 누구의 말도 듣지 않을 무서울 만큼의 거대한 욕심이었다.

“보석아 너는 정말 지혜롭지 못하구나! 나는 너의 가치를 높여 주려는 것 뿐야. 그렇게 흙 속에 묻혀 있기만 하면 누가 알아 주겠니. 잘 생각 해 봐. 나는 값진 보석의 소유자라는 당당한 호칭을 얻게 되어 좋고, 너 또한 가치를 인정받을 수 있어서 좋은 거잖아.”

노새는 새끼를 배서 죽고 파초는 열매를 맺으려 말라죽으며 사람은 탐욕으로 망한다는 사실을 전혀 모르는 듯 했다.

그래서 보석은 불끈 화가 치밀었다.

“나를 가져가면, 가난이 당신을 죽이는 것이 아니라, 자만이 당신을 죽이게 될 거예요. 그래도 나를 원하신다면 당신은 나를 밤낮으로 지켜야 하기 때문에 행복하지도 않을 것이며 필요한 물건을 사러 나갈 수도 없을 거예요. 게다가 시간은 헛되이 낭비될 것이며 탐욕스럽고 이기적으로 변하게 될 거라 구요. 그래서 값비싼 것들을 더 많이 모으려 할 것이며, 그것 때문에 다른 사람들을 힘들게 할 거예요. 그러나 결국엔 생명이 위태롭게 되어, 나를 잃게 될 걸요, 불행을 자초하지 말아요. 이제부터라도 소중한 마음의 보석을 찾아보세요. 어차피 나는 여러 주인의 손을 거쳐야 하는 보석이에요. 지금 원하는 사람은 당신이지만 나는 계속 옮겨다닐 수밖에 없는 운명이에요. 그러니 제발 이 자리에 그냥 놔두세요. 그러면 우리 모두 다툼 없는 세상에 살게 될 거예요. 내 말을 명심하세요."

하지만 이미 탐욕에 눈이 먼 그에게 그 말이 먹혀들 리 없었다. 삼베옷도 가죽옷보다 따뜻하게 여길 줄 알면 가난한 서민이라도 부자를 부러워하지 않는다는 걸 까맣게 잊고 있는 듯 했다.

그래서 보석은 더 이상의 충언을 아예 포기해 버렸다. 그리고는 나직한 목소리로 마지막 경고를 토해냈다.

"정 나를 갖고 싶다면, 아무에게도 나에 관해 이야기하지 마세요. 굳이 나를 가져야겠다면, 금고 속에 넣어 두세요. 그러면 안전할 거예요."

그래도 그는 막무가내였다. 보석의 말에 귀에 담으려 하지도 않는 그에게 만족 운운한다는 것은 애초에 무리였던 것이다.

"가져가서 반짝반짝하게 광을 낼 거야. 그러면 나는 유명해 질 수 있어. 그러니까 이제 그런 식에 충고는 하지마."

세 명의 강도가 그곳을 지나다 그가 들고 있는 보석을 보게 되었다.

"네 손에 든 것이 뭐야?"

깜짝 놀란 그는 얼른 보석을 감추며 대충 얼버무렸다.

"이…… 이 거 말인가요? 아무것도…… 아니오."

하지만 강도들의 탐욕은 그것을 그냥 지나쳐 버릴 만큼 약하지 않았다.

"이리 줘 봐!"

"안 돼요. 줄 수는 없으니 보기만 하시오."

"보기만 하라고? 우린 금이 있어도 옥이 없음을 아쉬워하는 강도란 말야. 알았어?"

"안 돼요. 이건 내 거란 말이요."

"어서 내놓지 못해! 이 세상에 보석을 보고도 그냥 지나치는 바보는 없어."

"절대로 줄 수 없어요. 이 보석의 주인은 엄연히 나란 말이요."

"그래? 그렇다면 할 수 없지."

말이 떨어지기가 무섭게 그들은 칼로 그의 손을 베어 보석을 빼앗았다.

그 남자는 비명을 지르며 절규했다.

"아아, 내 손! 내 손을 자르다니! 보석을 돌려줘!"

그러자 이번엔 시퍼런 칼날이 그의 목을 땅에 떨어뜨렸다. 이때, 지금까지의 일들을 모두 예상했던 보석이 그제 서야 입을 열었다.

한 사람은 이미 죽었고 이제 세 도둑이 문제였던 것이었다. 그래서 이번에도 역시 충고를 아끼지 않았다.

"자, 잘 들어요. 내 특성이 뭔가요? 나는 아름다워요. 하지만 내 아름다움을 보고 욕심을 갖는다면 당신들 자신의 아름다움도 없어져 버릴 거예요. 나를 버리는 대가를 충분해요. 그것은 바로 진리의 왕국이거든요. 그런 아름다움과 그런 사랑, 그런 인내심을 얻는다면, 진리의 왕국을 아름답게 가꿀 수 있을 거예요. 그런 가치 있는 것, 그런 보물을 찾아야 해요. 나를 통해 자신의 가치를 높이려 하지 말아요. 나를 가지고 있다면 고통만 따를 뿐이에요. 나를 버리고 가세요!"

그러나 세 도둑의 욕심 또한 보석의 충고가 그들의 비웃음으로 무시될 만큼 대단했다.

"쳇! 고통? 보석을 갖고 있으면서도 고통을 느끼는 바보도 있나?"

"그렇게 말야. 보석만 있으면 하고 싶은 걸 다 할 수 있는데 고통이라니 이거야 원……"

"누가 아니래! 아름다움도 내가 윤택할 때 생기는 거라고."

그러면서 그들은 서로 똑같은 욕심을 키우고 있었다. 주인은 셋인데 하나이다 보니 급기야 혼자 독차지하려는 음모를 꾸미기 시작했다. 눈에 보이는 보석이 아닌 마음속의 진정한 보석을 볼 줄 몰랐던 것이다.

첫 번째 도둑이 먼저 속셈을 드러냈다.

"나에게 좋은 생각이 있어! 내가 가서 이 보석을 팔아 가지고 올테니 그 다음 그 돈을 나눠 갖자."

하지만 같은 속셈을 갖고 있던 나머지 두 도둑이 찬성할 리 없었다.

"아니야 내가 팔아서 돈을 가져올 게."

"무슨 소리야! 힘 센 내가 갖다 오는 게 훨씬 안전해."

이렇게 서로 옥신각신 하더니 결국엔 큰 싸움으로까지 번지게 되었다.

결과는 세 사람 모두의 죽음으로 마무리되었다. 보석의 충고를 무시한 대가치곤 너무 컸다.

울음 섞인 보석의 목소리는 어디선가 불어온 바람에 실려 허공에서 무겁게 부서졌다.

"이 세 사람도 죽었군. 앞으로 몇 사람이나 더 죽게 될지……"

죽비소리 | 외부의 부만 바라보지 말아야한다. 그 이상의 부도 있

다는 것을 알아야 한다. 욕심이란 원래, 얻은 것을 다 삼키고도 양에
차지 않는 것이다. 그래서 욕심의 갈증은 더해만 가는 것이다. 만족
을 아는 이는 배춧국도 고깃국보다 맛있게 먹을 수 있는 것이다.

어둠에서 빛으로 가는 사람

석가모니가 코사라 국의 왕 바세나디의 방문을 받았다. 바세나디는 석가모니에게 가르침을 받고 싶다고 했다.

그러자 석가모니가 이렇게 말했다.

"대왕이시여! 이 세상에는 네 종류의 인간들이 있습니다. 어둠에서 어둠으로 가는 인간들, 어둠에서 빛으로 가는 인간들, 빛에서 어둠으로 가는 인간들, 빛에서 빛으로 가는 인간들이 바로 그 넷입니다."

그 말을 듣고 바세나디가 물었다.

"그럼 어둠에서 어둠으로 가는 인간이란 어떤 인간을 말하는 것입니까?"

석가모니가 대답했다.

"어떤 사람이 있습니다. 천한 집에서 태어나 가난하게 사는 사람입니다. 그 사람이 나쁜 행동을 하고 입으로는 더러운 말만 골라서 하고, 또 나쁜 마음을 품고 있다면 어떻게 되겠습니까? 그 사람은 이 세상에서 나쁜 업을 지니고 죽은 후에도 나쁜 곳에 가야 합니다. 이런 사람을 일컬어 어둠에서 어둠으로 가는 사람이라 할 수 있겠지요."

바세나디가 다시 물었다.

"그렇다면 어둠에서 빛으로 가는 사람은 어떤 사람인지요?"

"이런 사람이 있습니다. 그는 천한 집에서 태어나 가난한 생활을 하고 있으나 좋은 일을 하고 좋은 말을 하고 좋은 마음을 품는 사람입니다. 그는 이 세상에서 좋은 업을 하고 죽은 후에 좋은 세상에서 태어나겠지요. 어둠에서 빛으로 가는 사람이란 바로 이러한 사람을 두고 이르는 말입니다."

석가모니가 말을 계속 이었다.

"또 어떤 사람이 있습니다. 그는 고귀한 집에서 태어나 부유하고 행복한 생활을 하지만, 몸, 입, 마음의 세 가지 업에 있어서는 그릇된 일을 하지요. 그는 이 세상에서 악업을 계속하고 죽어서는 나쁜 곳에 떨어지게 됩니다. 이런 사람을 빛에서 어둠으로 가는 사람이라 할 수 있겠지요.

또 고귀한 집에서 태어나 부유하고 행복한 생활을 하면서, 몸, 입, 마음의 세 가지 업에서 좋은 일을 하는 사람이 있습니다. 그는 이 세상에서 좋은 업을 쌓고 죽어서도 선한 곳에 갑니다. 빛에서 빛으로 가는 사람은 바로 이런 사람입니다."

석가모니의 말을 듣고 난 바세나디는 감격한 표정을 지으며 말했다.

"이제서야 어떻게 살아야 할 것인지를 깨달았습니다."

죽비소리 | 현대인은 '혼자만의 자기'를 깊이 바라보는 힘이 약하다. 자신에 대한 부모의 과잉보호, 친구의 작은 배신에도 절망해버리는 청년, 성적이 나쁘다고 자살하는 청소년 등이 나타나는 것은 모두가 고독한 자기를 견딜 수 있는 힘을 잃었기 때문이다. 우리는 친구와 선배에게 의논도 하고 비판도 받는다. 다 좋은 일이다. 그러나 그것은 어디까지나 조언일 뿐이고 마지막으로 자기의 길을 결정하는 것은 오직 자기 자신이다. 그리고 그 길을 가는 결국 둘이 아닌 자기 혼자인 것이다.

가장 즐거운 것

　비구 네 사람이 벚꽃나무 아래 앉아 좌선을 하고 있었다. 때마침 벚꽃이 한창이어서 빛깔도 곱고 향기도 그윽했다. 출가한 지가 얼마 안 된 그들은 좌선을 하다말고 꽃 그늘 아래에서 잡담을 늘어놓았다. 한 사람이 불쑥 이렇게 말문을 열었다.

　"이 세상 만물 가운데서 우리가 아끼고 사랑할 만한 것으로서 가장 즐거운 것이 무엇일까?"

　한 사람이 말했다.

　"한창 봄이 무르익어 초목의 빛이 눈부실 때 들녘에 나가 봄놀이 하는 것이 가장 즐거운 일이지."

　또 한 사람은 이렇게 말했다.

　"찬칫집에 친구들이 한데 모여 술잔을 나누면서 음악에 맞추어 노래하는 것이 가장 즐겁지."

다른 사람이 말했다.

"많은 재물을 가득 쌓아 두고 하고 싶은 일을 마음껏 하는 것, 수레와 말과 옷이 찬란하여 남들이 놀러와하고 부러워하는걸 보고 있으면 가장 즐거울 거야."

또 한 사람이 말했다.

"아름다운 처첩들이 고운 옷을 입고 향긋한 향기를 피울 때 그들과 마음껏 어울리는 것이 가장 즐거운 일이야."

이때 부처님께서는 그들이 출가는 하였지만 아직도 세속의 탐욕에 미련이 남아 있음을 아시고 그들을 부르셨다.

"너희들이 즐거워하는 것들은 모두 근심스럽고 두려운 일이며 위태롭고 멸망에 이르는 길이다. 그것은 영원히 평안하고 안락한 길이 아니다. 보아라, 천지만물은 봄에는 무성했다가도 가을과 겨울이 되면 시들어 떨어지지 않더냐, 친구들끼리 모여 노는 즐거움도 반드시 헤어지는 것이며 재물과 수레와 말 따위는 언젠가는 모두 다섯 집의 몫이 되고 만다. 다섯 집의 몫이란 관청으로부터의 몰수. 도적들의 약탈, 수재, 화재, 방탕한 자식들의 낭비를 말한다. 그리고 처첩들의 아름다움은 사랑과 미움의 뿌리이니라. 범부들이 세상에 살면서 아름다움은 사랑과 미움의 뿌리이니라. 범부들의 세상에 살면서 원망으로 재난을 불러일으키고 몸을 위태롭게 하고 집안을 망치는 것이 모두 그런 연유로 생기는 것이다.

그러므로 집을 나온 비구는 세속의 미련을 버리고 도를 구하되 그 뜻을 무위에 두어 영화와 이익을 탐하지 않고 스스로 열반을 성취해야 한다. 이것이 가장 즐거운 일이다."

부처님은 다시 게송으로 말씀하셨다.

사랑에서 근심이 생기고 사랑에서 두려움이 생긴다.
사랑에서 벗어난 이는 근심이 없는데
어찌 두려움이 있으랴.
욕락으로 근심이 생긴다,
욕락에서 벗어난 이는 근심이 없는데
어찌 두려움이 있으랴.
애욕에서 근심이 생기고 애욕에서 두려움이 생긴다.
애욕에서 벗어난 이는 근심이 없는데
어찌 두려움이 있으랴.
계행과 식견을 두루 갖추어 바르게 행동하고
진실로 말하며
자기 의무를 다하는 사람은 이웃에게서 사랑을 받는다

그때 네 비구는 이 가르침을 듣고 부끄러워하며 크게 뉘우쳤다.

죽비소리 | 우리는 무슨 일을 하기 전에 많은 생각을 하지만, 생각
만 굴리다가 포기해버리는 일이 허다하다. 아무리 좋은 생각이라도
실행이 뒤따르지 않으면 아무 소용이 없는 것이다.

어떤 다툼

어느 날 어떤 사람의 오관 사지가 다툼을 하고 있었다. 서로 제가 잘났다고 자랑을 하다가 제 자랑을 넘어 서로 헐뜯고 흉을 보기 시작했다. 하나가 한 마디 하면, 또 하나가 한 마디 하는 가운데 말다툼은 점점 흉포해져 갔다.

모두들 눈을 향해 집중 포화를 퍼붓기 시작했다.

"너는 아무 일도 못하잖아. 그러면서 세상의 아름다운 색깔이나 모양은 저 혼자 다 감상하고……, 이건 너무 불공평해."

그들의 말에 눈이 미처 뭐라고 대꾸하기도 전에 이미 포화의 겨냥은 귀에 맞춰져 있었다. 다른 것들과 함께 눈을 열심히 공격하던 귀는 포화가 자기에게 집중되자 꼼짝도 할 수 없었다.

"너는 하루종일 움직이지도 않지? 언제나 제자리에서 꼼짝도 안 하잖아. 게으름만 피우고. 그러면서 다른 사람의 말이나 좋은 음악들은 다 듣고 말야. 우리에겐 그런 기회가 주어지지도 않는데, 네까짓 게 뭐가 대단하다고 제자리에서 그런 것들을 다 누리느냐 말야, 홍!"

열심히 귀를 욕하고 난 그들은 잠시도 쉴 틈이 없이 이번엔 혀를 향해 목소리를 높이기 시작했다.

"너는 잠자는 시간을 제외하면 아침부터 저녁까지 내내 처먹고만 있지. 이 돼지 같으니라고."

"저런 녀석도 저렇게 호강하고 있는데 우린 뭐야. 음식이라고는 물 한 모금도 못 얻어먹으니 원!"

이때 자기가 가장 억울하다고 생각하고 있던 손이 푸념을 늘어놓기 시작했다.

"뭐야. 아무 일도 하지 않는 눈이나, 혀는 온갖 좋은 것들을 보고 듣고 맛보기도 하는데, 하루종일 쉴 틈도 없이 고생만 하는 나는 칭찬 한 번 받아 보지 못하고. 더러운 구정물 같은 온갖 것들을 만지고 들어 올리고하지. 이런 나의 공을 몰라 주고 매일 힘든 일만 시키니, 아이구 내 팔자야."

그러자 잠자코 손의 말을 듣고 있던 발이 혀를 끌끌 차면서 손의 말에 반박했다.

"모르는 소리하지 마라. 사실 내가 말을 안 해서 그렇지 솔직히 말해 나보다 더 공로가 큰 사람이 있으면 어디 얘기 해 봐. 손, 네가 공로가 제일 크다고 얘기했다만, 만일 내가 여러 곳을 다니지 않는다면 너도 그렇게 큰 공헌을 할 수 없을 거야. 그러니까 내가 없으면 아무것도 되지 않는다 이 말씀이지, 뭐."

손은 발의 말을 듣고 약이 올라 죽을 지경이었다. 발의 말이 틀리지 않았으나 그대로 인정해 주자니 너무나 화가 나는 것이었다.

그래서 다른 말로 발의 말을 받아치려고 생각했지만 적당히 떠오른 것도 없고 그렇다고 참고 있자니 속이 터져 죽을 지경이었다.

더 이상 참을 수 없게 된 손은 옆에 있던 칼을 집어 들었다. 그러고는 그 칼로 맨 먼저 눈을 파 버려 아무것도 볼 수 없게 하였다. 그러고 나서 귀를 잘라 버리니 아무 소리도 안 들리고, 혀까지 잘라 버리니 아무런 얘기도 할 수 없게 되었다. 그리고 마지막으로 발까지 잘라 버려 이젠 아무데도 다닐 수 없게 만들었다.

결국 그 사람은 중상을 입어 죽게 되었고, 남아 있는 손도 혼자서는 살 수 없게 되었다.

죽비소리 | 스스로 미숙하다든가 자신이 없다고 생각하면 무슨 일이든 성사시킬 수 없다. 뛰어난 천재도 초심자 때에는 불안함을 느끼는 것이 당연하다. 그러나 창피와 수모와 격려와 꾸지람을 들으면서 스스로의 능력을 개발해나감으로써 인간은 조금씩 성장해가는 것이다. 머뭇거리고만 있으면 기회를 놓칠 우려가 있다. 첫 기회를 놓쳤기 때문에 인생의 길이 달라진 사람도 있다. 그러므로 주어진 기회를 놓치지 않도록 평소 자신의 마음가짐에 대한 준비가 필요하다.

삼 년만에 외운 게송 한 구절

부처님께서 사위국에 계셨을 때 많은 제자들 중에 나이가 많고 남보다 우둔하게 생긴 수행자 한 사람이 있었다.

그러나 부처님께서는 이 사람이 우둔하기는 해도 근본이 성실하다는 것을 아시고 어떻게 해서라도 훌륭한 스님을 만들고자 오백 명의 아라한에게 매일 가르치도록 했다. 그러나 어찌된 일인지 그는 삼 년이 걸려도 게송의 한 구절도 외우지 못했다.

그 나라 사람들은 모두 그의 우둔함을 비웃고 있었다. 그러나 부처님은 그를 가엾게 여겨 직접 그를 불러서 다음과 같은 게송을 들려 주셨다.

"입을 지키고, 뜻을 다스려, 몸으로 나쁜 일을 짓지 말라. 이와 같이 행하는 자는 반드시 깨달음을 얻는다."

부처님께서는 이 게송을 몇 번이고 되풀이하면서 가르치셨다.

그는 부처님의 자비로움에 감격하여 열심히 이를 외워 겨우 이 한 구절만을 알게 되었다.

　부처님께서는 또 이렇게 말씀하셨다.

　"그대는 나이가 들어 이제 한 구절을 외우게 되었을 뿐이다. 이제 그 이치를 설명해 줄테니 잘 들어라. 즉, 몸으로 짓는 것에는 세 가지 악이 있다. 살생하는 것, 도둑질하는 것, 사음을 행하는 것이다. 또 입으로 짓는 악에는 네 가지가 있는데, 거짓말하는 것, 두 가지 말을 하는 것, 욕을 하거나 거짓으로 가장하는 것이 그것이다. 다시 우리들에게는 이외에 세 가지 악이 있다. 강한 욕심과, 성내고 원망하는 것 그리고 어리석은 것이 그것이다. 이것을 모두 합쳐 열 가지 업이라고 한다. 이 열 가지 악업이 일어남과 없어짐을 잘 살펴서 낳고 죽고 하는 생사윤회와 망상을 벗어나 해탈에 이르는 것도 이에 연유한다는 것을 알아야 할 것이다."

　그러자 우둔하고 나이 먹은 그 수행자는 부처님의 자비로 가득 찬 가르침 덕택에 겨우 의심과 미망에서 벗어나 드디어 아라한의 자리에 오르게 되었다.

　이때 다른 정사에서는 오백 명의 비구니들이 매일 부처님이 지명한 수행자에게서 설법을 듣고 있었다. 그리고 다음 날은 아라한이 된 그 우둔하고 늙은 수행자의 설법이 있는 날이었다.

　비구니 스님들도 그가 평소에 우둔하다는 말을 들은지라 이렇게 생각하고 벼르고 있었다.

　'내일은 저 우둔한 수행자의 차례다. 그 바보가 어떻게 우리를 가르치겠는가? 만일 그 노인이 오면 이쪽에서 거꾸로 설법을 해서 꼼짝 못하도록 하겠다.'

　다음 날 오백 명의 비구니들은 강당에 모여 형식상의 예를 하면서 그를 맞았다. 물론 비구니 스님들은 그를 깔보고 반드시 우스운 일이 생길 것이라 기대하고 있었다. 드디어 수행자가 그날의 강사로 높은 자리에 올라가 입을 열었다.

"나는 아시는 바와 같이 덕이 없고 매사를 잘 모르는 몸이며 배웠다고는 하지만 지금까지 겨우 게송 한 구절만을 알고 있을 뿐입니다. 이제부터 그 시 한 구절에 대해서 얘기하고자 하니 들어주시면 감사하겠습니다."

그러나 비구니 스님들은 조용히 들으려 하지 않았다. 특히 젊은 비구니 스님들은 그가 말을 꺼내기도 전에 이쪽에서 먼저 설법을 해서 그의 코를 납작하게 해 주려고 입을 열었다. 그런데 어쩐 일인지 입을 열어도 말이 나오지를 않았다. 눈에 보이지 않는 이상한 힘이 비구니의 마음과 입을 억누르고 있었다.

수행자는 조용히 말을 계속했다. 그는 다만 부처님께 배운 것을 말하고 있었는데 이상하리만치 진지한 태도에 오백 명의 여승들은 뜻밖으로 넘치는 큰 감명을 받게 되었다. 이런 일이 있고 몇 달이 지난 어느 날 국왕 하시노크가 부처님을 비롯해서 많은 승려들을 궁전으로 초대했다.

이때 부처님은 늙은 수행자에게도 발우를 들려서 함께 데리고 갔는데 성문에 이르자 문지기가 유독 그 늙은 수행자만 보내지 않고 다음과 같이 말하며 그를 붙들었다.

"당신은 수행자라고 해도 게송도 제대로 외우지 못하는 주제에 감히 국왕의 공양을 받을 수 있겠소? 우리 속인들도 게송 한 두 가지는 알고 있는데 우둔한 당신이 공양을 받는다면 이것은 국왕에 대한 모독이다."

그는 하는 수 없이 성문 앞에 서서 기다리기로 마음 먹었다. 궁전에 들어가신 부처님께서는 잠시 후 공양을 하기 위해 자리에 앉아 손을 씻으셨다.

이때 부처님은 움직이지 않았는데 갑자기 발우를 든 긴팔이 밖에서부터 들어오더니 부처님 앞에 발우를 놓았다.

깜짝 놀란 국왕과 신하들이 물었다.

"이것은 누구의 팔입니까?"

"이것은 나의 제자인 노 수행자의 팔입니다. 오늘 나의 바리때를 들려서 같이 왔는데 문지기가 들여보내질 않아 밖에서 기다리면서 내가 물을 쓰고 있을 때 이렇게 팔을 뻗어서 발우를 갖다 주는 것입니다. 그의 깨달음의 힘이 대단하지 않습니까?"

국왕은 노 수행자의 우둔함을 들어서 알고 있는 터라 새삼 놀라며 부처님께 다시 물었다.

"아무리 그래도 그 노 수행자는 우둔하다고 들었는데 오직 한 구절의 게송만을 알고 그 뜻을 풀고 그 정신을 체득해서 몸, 마음, 입 모두가 깨끗해질 수 있습니까?"

그러자 부처님께서는 다음과 같은 게송을 읊으셨다.

비록 일천 장을 외어도
그 뜻을 바르게 알고 행하지 않으면
한 구절을 듣고 악을 없애는 것만 못하다.
아무리 경을 많이 외워도
그 이치를 모르면 무엇에 쓰겠는가.
한 구절이라도 그 이치를 알아서
행하여 불도를 지키는 것이 중요하다.

부처님의 이 가르침을 듣고 국왕과 신하들은 깊이 깨닫고 수행을 쌓아 성자의 깨달음을 얻었다고 한다.

죽비소리 | 사람은 누구나 어떤 상황 속에서 어떤 마음을 갖고 살아가는가에 따라 아름다울 수 있으며 또 추하게 보여질 수도 있다. 탐욕과 시기와 분노, 끝없는 욕망에 허덕이지 말고 주어진 삶을 지혜롭게 살게 된다면, 성자처럼 아름다운 모습을 가질 수 있을 것이다.

운명에 대하여 1

살 수 있어서 사는 것은 하늘이 내린 복이며, 죽을 수 있어서 죽는 것도 하늘이 내린 복이다. 살 수 있는데도 살지 못하는 것은 하늘의 벌이며, 죽을 수 있는데 죽지 못하는 것도 하늘의 벌이다.

살 수 있고 죽을 수 있어서 살게 되고 또 죽게 되는 이런 상황이 있다. 살 수 있고 죽을 수 있는데 혹은 죽어야 하고 혹은 살아야 하는 이런 상황도 있다.

그렇지만 삶을 살게 하고 죽음을 죽게 하는 것은 외부의 사물을 따르는 것도 아니고 자기의 소원을 따르는 것도 아니라 모두가 운명인 것으로 지혜로도 어떻게 할 수가 없다.

그러므로 말하건대, 심오하고도 끝도 없이 하늘의 도는 저절로 통하고, 소리 없이 구분 없이 하늘의 도는 저절로 움직인다. 하늘

과 땅도 그것을 위해 할 수 없으며, 성인의 지혜로도 그것을 간여
할 수가 없고, 귀신이나 도깨비도 그것을 속일 수 없다.

자연의 규율은 조용한 가운데 묵묵히 이루어 가며, 평화롭고 편
안하되 베풀어 주는 것도 없으며, 만물을 맞이하고 보내는데 빈틈
이 없다.

죽비소리 | 우리는 흔히 눈을 마음의 창이라고 하지만, 실은 전체
의 인상이 그대로 그 사람의 마음을 반영하고 있는 것이다. 「명심보
감」에도 '착한 일을 행하는 사람은 봄동산의 풀과 같아서 날마다 푸
르름이 더해가고 악한 일을 하는 사람은 칼을 가는 숫돌과 같아서
날이 갈수록 닳아 없어진다'고 하였듯이 착한 마음에서 우러나는 맑
고 티없는 얼굴, 그것이 참다운 미의 얼굴이 아닐까.

운명에 대하여 2

우연히 성공한 것은 성공한 듯 보이지만, 사실상 성공한 것이 아니다. 우연히 실패한 것은 실패한 듯 보이지만, 사실상 실패한 것이 아니다.

그러므로 미혹은 보통 성공한 듯 하거나 실패한 듯할 때에 생기게 되는데, 성공한 듯 하거나 실패한 듯 하는 한계는 모호해서 분간하기가 어렵다.

표면적인 성패에 미혹되지 않으면 외부로부터의 화를 두려워하지도 않고, 자신의 복을 기뻐하지도 않으며, 적절한 때에 따라 움직이고, 적절한 때에 따라 멈추니, 이것은 지능에 의지해서 알 수 있는 것이 아니다. 운명을 믿는 사람은 외부의 사물이나 자신에 대해서 두려워하거나 기뻐하는 이런 두 마음을 갖는 사람은 차라리 눈을 가리고 귀를 막아 버리는 것이 더 나으니, 이렇게 하면 성의 담벼락을 등지고 물 없는 깊은 구덩이를 향하고 있어도 떨어지거나 넘어지지 않게 된다.

그러므로 죽고 사는 것은 운명으로 말미암게 되고, 가난하고 부유해지는 것은 시운으로 말미암게 되는 것이다.

요절을 원망하는 사람은 운명을 모르는 자이며, 빈궁함을 원망한 사람은 시운을 모르는 자이다.

죽음을 맞아서도 두려워하지 않고 빈궁함에 처해 있어서도 근심하지 않는 것이 운명을 아는 것이고 시운을 마음 편히 여기는 것이다. 만일 지모가 많은 사람에게 이로움과 해로움을 따져 보게 하고, 허와 실을 헤아려 보게 하며, 사람의 감정을 추측해 보게 한다면 예측이 맞는 것도 절반이고 예측이 틀린 것도 절반일 것이다.

지모가 적은 사람이 이로움과 해로움을 따지지 않고, 허와 실을 헤아리지 않으며, 사람의 감정을 추측해 보지 않아도 맞는 것도 절반이고 틀린 것도 절반이다.

따져 보거나 따져 보지 않음, 헤아려 보거나 헤아려 보지 않음, 추측해 보거나 추측해 보지 않는 것, 이들 양자 간에 무엇이 다른가? 오직 헤아려 보는 것도 없고 헤아려 보지 않는 것도 없어야 본성을 온전히 보전하고 상실함이 없게 된다.

지능에 의해서 본성이 온전하게 되는 것도 아니고, 지능에 의해서 본성이 상실되는 것도 아니다. 저절로 온전해지고 저절로 없어지며 저절로 상실하게 되는 것이다.

죽비소리 | 우리가 말하는 세속적인 사랑은 단지 집착이나 쾌락

따위가 뒤섞인 것에 지나지 않는다. 이런 사랑의 마음은 기실 사랑과 증오, 쾌락과 고통, 집착과 혐오 사이를 왕래할 뿐이다. 그러나 마음이 모든 이기심으로부터 벗어나 있다면 그때에는 모든 대립을 초월한 순수한 사랑이 빛나게 될 것이다. 이것이 불교에서 말하는 큰 사랑 곧 자비심이다.

농부는 농사철을 서둘러서 따라가고 상인은 이익을 뒤
쫓으며, 기술자는 기술을 추구하고, 벼슬아치는 권세를 좇는데,
이것은 형세가 그렇게 만드는 것이다.

그러나 농사에는 홍수와 가뭄이 있고, 장사에는 이익과 손해가
있으며, 기술에는 성공과 실패가 있고 벼슬살이에는 시운을 만나
고 못 만남이 있는데 이것은 운명이 그렇게 만드는 것이다.

죽비소리 | 소유한 것에 대한 애착은 얼마간의 즐거움을 주지만,
그것은 역시 자신을 옭아매는 족쇄가 되고 만다.

왕이 되는 자격

이란이 페르시아라는 이름으로 불리던 시절 한 왕이 있었다. 그런데 왕은 나이가 너무 많아서 사흘에 이틀은 국정을 살필 수가 없었다.

그래서 왕은 슬하의 세 왕자 가운데 한 명을 선택해 왕위를 물려주기로 결심하고 대신들을 소집했다.

"그동안 내가 너무 오래 왕좌에 앉아 있었나 보오. 그래서 이제는 그만 왕위를 세 왕자 중에 한 왕자에게 물려줄까 하는데 경들의 생각을 말해 보시오."

그러자 대신들은 저마다 의견을 내놓았다.

"폐하, 그건 물으실 만한 일도 못 되옵니다. 당연히 첫째 왕자님께 물려주셔야 합니다. 그것이 마땅한 일인 줄 아옵니다."

"아닙니다. 첫째 왕자님은 너무 안하무인이십니다. 둘째 왕자님이 왕위를 물려받으셔야 합니다."

"무슨 말씀이시오. 인물로 보나 지혜로 보나 셋째 왕자님이 적격이오. 다만 첫째 왕자님이 아니라는 것이 좀 걸리기는 하지만……."

이렇게 서로 자기 의견만을 고집하며 며칠을 두고 회의를 계속했으나 결론이 나지 않았다. 왕 또한 이 일로 골머리가 아플 지경이었다. 그러다가 마침내 좋은 아이디어를 찾아낸 왕은 세 아들을 모두 불러 앞에 앉히고 말했다.

"내가 너희에게 기회를 줄 테니 이번에 각자 여행을 다녀오너라. 그 대신 한 가지 조건이 있다. 나가서 좋은 일을 한 가지씩 하고 돌아오는 거다. 여행 기간은 한 달이고 모두 돌아오는 즉시 내게 그동안의 사정을 보고해 주기 바란다. 알겠느냐?"

"예, 알겠습니다. 아바마마."

세 아들은 왕의 명에 따라 짐을 챙겨 부랴부랴 말을 타고 왕궁을 나섰다.

마침내 한 달이 지났다. 왕은 왕자들이 돌아와서 무슨 보고를 할지 궁금했다. 첫째 왕자가 맨 먼저 여행에서 돌아왔다. 왕은 그를 반기며 물었다.

"그래, 너는 무슨 좋은 일을 했느냐?"

"아바마마, 저는 길을 가다가 병든 노인을 만나 그를 잘 치료해 주고 제 주머니에서 돈까지 꺼내 주었습니다. 이게 제가 한 좋은 일입니다."

왕은 이 말을 듣고 머리를 끄덕이며 그에게 몇 마디 칭찬을 했다.

그로부터 얼마 안 되어 둘째 왕자가 돌아왔다. 왕은 그를 반기며 물었다.

"그래, 너는 또 무슨 좋은 일을 했느냐?"

"제가 말을 타고 가는데 한 아이가 강물에 빠져 허우적거리고 있지 않겠습니까? 그런데 그 곳 물길이 워낙 세서 누구 하나 그 아이를 구하려는 사람이 없었습니다. 그래서 제가 위험을 무릅쓰고 강물로 뛰어들어 아이를 구해냈습니다. 그러자 아이의 부모가 고마워하며 돈을 주려고 했지만 저는 아무것도 필요 없다고 말하고 곧바로 말을 달려 돌아왔습니다."

둘째 왕자의 보고를 들은 왕은 첫째 왕자의 경우와 마찬가지로 머리를 끄덕이더니 몇 마디 칭찬을 해 주었다.

마지막으로 셋째 왕자가 돌아왔다.

"그래, 너는 무슨 좋은 일을 했느냐?"

그러자 질문을 받은 셋째 왕자는 그동안의 일을 말하기 시작했다.

"어느 날 제가 높은 산을 올라가고 있었는데 갑자기 눈앞에 술에 잔뜩 취한 사람이 험준한 벼랑에 누워 있는 것을 발견했습니다. 그러다가 그 사람은 갑자기 몸을 돌렸는데 저는 순간적으로 그 사람이 죽으려 하는 것으로 오해하고 재빨리 그 사람 곁으로 다가갔습니다. 그런데 가까이 다가가서 보니 다른 사람이 아니라 10년전 저의 원수였습니다. 그때 만일 제가 그를 해치려는 마음만 있었다면 저는 단지 다가가 그를 밀치기만 하면 되었습니다. 그러나 저는 그렇게 하지 않고 오히려 그의 바지 끈을 잡고 끌어당겼습니다. 그렇게 하는 동안 그는 점점 술이 깨기 시작했고 곧 제정신으로 돌아왔습니다. 그는 술이 다 깨자 내가 누구인지 알아보고는 처음에는 깜짝 놀라 어쩔 줄을 몰라했습니다. 그러나 곧 이성을 찾고 나에게 고맙다고 하면서 자기가 그동안 저지른 모든 나쁜 일들을 용서해 달라고 자꾸 빌었습니다. 이렇게 해서 그와 나는 둘이 서로 싸우기 전의 좋은 친구 상태로 돌아간 것입니다."

왕은 한참 동안 이 말을 듣고 있더니 갑자기 자기가 쓰고 있던 왕관을 벗어 셋째 왕자에게 씌어 주며 말했다.

"바로 그거다. 한 나라의 왕이 되려면 용감해야 할 뿐만 아니라 먼저 올바른 마음을 가져야 하느니라. 왜냐하면 왕에게 필요한 것은 무엇보다도 마음이 너그러워야 하기 때문이니라. 그런데 셋째 왕자가 이 조건에 가장 맞는 것 같으니 내 왕위를 셋째 왕자에게 물려주노라."

죽비 소리 | 우리의 하루일과는 약속에서부터 시작되어 약속으로 끝난다고 해도 과언이 아니다. 약속은 인간관계의 가장 기본인 동시에 그 사람의 인격과 교양 등을 가늠할 수 있는 척도가 된다. 그러므로 약속을 잘 지킨다는 것은 신용사회에서 성공의 지름길임에 틀림이 없다. 또한 우리 불자들이 부처님께 올린 약속을 잘 지켜나간다면 그것은 곧 행복으로 나가는 지름길이 될 것이다.

2
깨달음의 연못

훌륭한 의사 아버지

옛날 어느 마을에 참으로 어질고 지혜가 총명한 의사가 있었다. 그 의사는 빼어난 지혜를 가졌기에 어떤 병이라도 약방문을 잘 써서 척척 고치는 유명한 의사였다.

그 의사에게는 많은 아들들이 있었다.

그런데 어느 날 의사인 아버지는 볼일이 있어서 멀리 다른 나라로 가게 되었다. 의사 아버지가 집안에 안 계시게되자 아이들은 심심해져서 평소에도 늘 궁금하던 약을 둔 방에 들어가 보았다. 그 방안에는 가지가지 색깔과 향내를 가진 희한한 약들이 많이 있었고 또 먹어서는 안될 독약까지도 섞여 있었다. 아이들은 멋도 모르고 색깔과 향기에 취해서 이 약 저 약 구경하다가 잘못해서 그만 독이 들어 있는 약을 마셔버리고 말았다. 그러자 아이들은 괴로워하며 땅바닥에 뒹굴며 고통스러워했다.

이때 외국에 갔던 의사 아버지가 돌아 왔다. 의사 아버지는 집에 들어서자 아이들이 모두 정신 없이 여기저기 땅바닥에 뒹굴며 고통스러워 하는 모습을 보고는 그만 깜짝 놀라고 말았다.

어떤 아이는 그다지 독이 많이 퍼져 있지 않았고, 어떤 아이는 독으로 인해 이미 정신을 잃어버린 아이도 있었지만 그래도 아이들은 먼 곳에서 돌아오신 아버지의 모습을 보고 매우 기뻐하며 다음과 같이 말했다.

"아버지, 정말 잘 돌아오셨습니다. 우리들은 아버지가 안 계시는 동안 그만 잘못을 저지르고 말았어요. 아버지께 여쭤보지도 않고 아무 약이나 마셨는데 잘못 마셔서 독약을 마시고 말았습니다. 아버지, 아무쪼록 저희들을 치료해 주세요."

의사인 아버지는 아이들이 괴로워하는 것을 보자 온갖 약방문에 의거하여 효능이 있는 좋은 약초를 구해 다가 그 위에 빛과 향과 좋은 맛을 다 갖춘 것을 섞어 마시기 쉽도록 조합하여 아이들에게 주면서 말했다.

"얘들아, 내가 지금 너희들을 위해 갖은 좋은 것을 다 집어넣어 묘약을 만들었으니 이 약을 어서 먹도록 해라. 이 약은 참으로 잘 듣는 약이어서 지금의 고통도 나을 뿐 아니라 앞으로도 병에 걸리지 않을 것이다."

그러자 마음을 잃지 않은 아이들은 그 약이 빛깔과 향기가 갖추어져 있음을 보고 곧 먹어 병이 나았지만 독기가 많이 퍼져 정신을 잃은 아이들은 그 약이 색깔도 나쁘고 이상한 냄새가 나는 것만 같아서 아무리 아버지가 좋은 약이라고 해도 먹지 않았다.

이것을 본 의사 아버지는 이렇게 생각했다.

'참으로 불쌍하고 가련하구나. 독에 중독되어 정신을 잃어서 아무리해도 약을 마시려 하지 않는구나. 별 수 없다. 이렇게 되면 마지막으로 비상수단을 써서 아이들이 기어코 약을 먹도록 해야겠다.'

"얘들아, 모두 잘 들어라. 내가 이미 나이가 많아 늙어서 죽을 때가 거의 가까워졌다. 그런데도 또 볼 일이 있어 다른 나라에 가지 않을 수 없게 되었단다. 그래서 내가 여기 이 묘약을 두고 갈 터이니 꼭 먹도록 해라."

말을 마치고 의사 아버지는 길을 떠났다. 그러나 아이들은 아버지가 집을 떠나셨지만 약을 먹을 생각을 하지 않은 채 그대로 있었다.

한편, 아이들에게 그렇게 타이르고 다른 나라로 간 의사 아버지는 다른 나라에 머물면서 심부름꾼을 보내어 아이들에게 이렇게 말하게 하였다.

"너희 아버지는 돌아가셨다."

이 말을 듣게 된 아이들은 아버지가 돌아가셨다는 말에 깜짝 놀라 마음에 크게 근심하며 한탄했다.

"아! 만일 아버지가 살아 계신다면 우리들을 사랑하고 가엾이 여기시어 우리를 보호해 주시련만 이제는 우리를 버려둔 채 멀리 타국에서 돌아가셨으니 어쩌면 좋을까."

그리고 스스로 외로워하며 의지할 데 없음을 생각하는 중에 마침내 마음에 충격을 받아 문득 본심으로 되돌아오게 되었다. 아이들은 충격을 받아 정신이 되돌아오자 아버지가 마지막으로 하신 말씀이 생각나서 얼른 약을 집어다 먹고 병이 모두 나았다.

의사 아버지는 자식들이 약을 마시고 전부 차도를 얻었다는 소식을 듣자 곧 다시 집으로 돌아오셨고, 아이들과 아버지는 서로 기뻐하며 행복하게 살았다.

죽비소리 | 저마다 자신의 자루에 담을 수 있는 알맞은 양이라는 것이 있다. 세상이라는 강을 각자의 신념이라는 조각배로 건널 때 한 번쯤 우리가 생각해야 할 것은, 분에 넘치는 탐욕으로 자신을 괴롭히고 있지는 않은지 자문해 보는 것이다.

어리석은 개구리

아름다운 연못에 개구리들이 떼를 이루며 살고 있었다. 그들은 제 마음대로 놀고 먹으며 편안히 지내다가 하루는 이런 생각을 하게 되었다.

"세상에는 어느 곳이든 왕이 있어서 다스려 주는데 우리에게는 그러한 왕이 없다. 그래서 우리들은 너무 게을러지고 멋대로 날뛰게 되는 거야. 만일 우리에게 왕이 있어서 우리들을 다스려 준다면 더욱 뜻 있고 행복한 나날을 보낼 수 있을 텐데……."

그들은 급히 회의를 열어 가장 점잖고 나이가 많은 개구리를 대표로 뽑아서 제우스 신에게 보냈다. 제우스는 개구리 사신에게서 임금을 보내 달라는 간청을 듣자, 그들의 어리석음을 비웃었다. 왜냐하면 제우스는 개구리들이 지금처럼 사는 것이 더 행복하리라는 것을 잘 알고 있기 때문이었다.

그러나 제우스 신은 졸라대는 개구리들의 성화에 못 이겨서,

"그럼 이걸 가져다 왕으로 섬겨 보아라."

하고 굵은 나무토막 한 개를 연못 한가운데로 내던졌다. 나무토막이 철썩하고 요란한 소리를 내면서 연못에 떨어지자 개구리들은 그만 깜짝 놀라서 물 속 깊이 숨어 버렸다. 얼마가 지난 뒤, 가장 용감하고 젊은 개구리 한 마리가 왕이 보고 싶어 머리를 가만히 물 위로 내밀었다. 자세히 살펴보자,

"이것은 왕이 아니라 한갓 나무토막에 지나지 않는구나."

라고 말하니, 개구리들은 다시 와글와글 떠들어대기 시작했다. 나무토막 주위를 헤엄쳐 돌아다니다가 하나둘씩 그 나무토막 위에 올라타기까지 했다. 다시 개구리들은 회의를 열었다. 그리고 다시 사신을 뽑아서 제우스 신에게 보내면서, 이번에는 좀 힘이 세고 활발한 왕을 보내달라고 간청했다.

제우스는 어리석은 개구리들이 자꾸 와서 시끄럽게 구는 것이 귀찮아 이번에는 황새를 보내주었다. 개구리들은 황새가 의젓하게 연못으로 걸어오는 것을 보고 아주 만족하여 다같이 만세를 불렀다.

"자, 보란 말야. 얼마나 늠름하고 의젓한 왕이냐. 우리 모두 마중을 나가자."

하고 모두들 기뻐하며 마중을 나갔다. 그러나 새로운 왕은 마중 나온 개구리들을 보자 걸음을 멈추고 기다란 모가지를 늘이더니 냉큼냉큼 잡아 삼켜 버렸다.

이때 사신으로 갔던 늙은 개구리가,

"아, 차라리 우리가 그대로 지냈더라면 아무 일 없이 행복하였을 것을."

하고 한탄을 하였으나 그도 곧 잡아먹히고 말았다.

개구리들은 그제서야 자기들의 어리석음을 깨닫고, 엉엉 울면서 살려 달라고 제우스에게 애원을 하였으나, 제우스는 그들이 애원을 들어 주지 않았다.

왕이 된 황새는 날마다 아침, 점심, 저녁밥으로 개구리를 잡아먹었기 때문에 곧 그 연못에는 한 마리의 개구리도 남지 않게 되었다.

죽비소리 | 인간의 모든 불행은 바로 물질과 마음을 대립시켜 자신을 욕망의 노예로 만드는데서 비롯되었다고 할 수 있다. 그러므로 부처님께서는 우리를 욕망의 노예로 전락시켜 불행하게 만든 것이 마음의 작용에 의한 것이라면 우리가 마음의 작용을 깨달아 물질의 주인공이 될 때 비로소 진정한 삶의 가치와 행복을 누릴 수 있다고 말씀하시는 것이다.

아름다운 새

어렸을 때 즐겨 부르던 동요 중에 이런 구절이 있다.

'푸른 바다 건너서 봄이 봄이 와요. 제비 앞장세우고 봄이 봄이 와요.'

비단 이 동요 뿐 아니라 봄소식을 알리는 노래에는 어김없이 제비에 관한 구절이 들어 있다. 이처럼 제비는 사계절의 변화가 있는 나라들에서 겨울이 끝나는 것을 알려주는 사자로서 환영을 받는다. 우리나라에서 가장 흔한 철새인 제비는 주로 사람이 사는 집의 처마 밑에 둥지를 짓고 사는데, 이는 제비의 집이 항상 다른 새의 표적이 되고 있기 때문이다. 제비들은 다른 새들을 가장 두려워하기 때문에 사람의 눈길이 닿는 곳으로 옮겨온 것이다. 이것은 물론 인간에 대한 절대적인 신뢰를 전제 조건으로 하고 있다. 또한 귀소성이 강해서 해마다 같은 둥지로 돌아와 보수하여 새 보금자리를 만든다.

제비는 무엇보다도 농사에 해로운 곤충을 잡아먹기 때문에 생태계에서 소중한 익조로 어디에서나 환영을 받는다. 제비는 근면한 새로 알려지고 있다. 이른 아침부터 열심히 새끼들에게 모이를 주워 먹이는 제비의 근면함은 가히 헌신적이다. 그러다가 새끼의 날개가 자랄 쯤이면 어미새들은 먹이를 물어오지 않고 가까운 자리에 날아와 울부짖는 새끼들을 밖으로 날아오도록 설득하는 자립 훈련을 시작한다. 말하자면 제비들을 양육하고 교육하는데 있어 철저한 삶을 살아가는 것이다.

제비처럼 절의에 충실한 새도 드물다. 한 쌍을 이룬 제비는 평생토록 함께 살면서 새끼들을 기르고 해로한다. 살다가 한 마리가 죽으면 외롭더라도 혼자서 여생을 살아간다.

제 몸이 허기에 지치면서까지 열심히 새끼들 입에 벌레를 물어다 주는 제비, 기나긴 강남 길에서 짝을 잃더라도 다시 새 짝을 구하지 않고 사는 제비는 인간에게도 어떻게 사는 길이 진정한 삶의 보람인가를 가르쳐주고 있다.

죽비소리 | 중도는 쉽게 말해 균형이다. 줄타기를 할 때 좌우의 균형을 잃으면 기우는 쪽으로 추락하게 마련이다. 이렇듯 모든 일은 게으름 위에서 성취될 리 없지만, 그렇다고 자신의 목적이나 욕망에 지나치게 매달린다 해도 정신과 건강을 해쳐서 이루어지지 않는다. 그러므로 조화있는 생활이 되도록 물심양면으로 노력해야 할 것이다.

깨달음

어떤 사람이 도끼를 잃어버리고서, 그의 이웃집 아들을 의심했다. 그의 행동을 보아도 도끼를 훔친 것 같고, 그의 얼굴도 도끼를 훔친 것 같으며, 말하는 소리도 도끼를 훔친 것 같았다. 동작과 태도가 어느 것 하나 도끼를 훔치지 않아 보이는 것이 없었다.

얼마 후에 이 사람이 산골짜기에서 땅을 파다가 자기의 도끼를 찾았다.

다음 날 그 이웃집 아들을 다시 보니 동작과 태도가 도끼를 훔친 사람 같아 보이지 않았다.

죽비소리 | 집만 가지면 소원이 없겠다는 사람도 집이 장만되면

화려한 장식을 꿈꾸고, 그것이 성취되면 자가용이 생각나고, 그 다음에는 몸에 지니는 보석들, 그 다음에는 쾌락적인 향락 등으로 끝없이 이어진다. 결국 아무리 좋은 것을 소유했다 해도 더 좋은 것을 바라는 마음 때문에 자기가 소유한 것은 불에 타고 남은 재와 같을 뿐이다.

재물에 대한 집착

옛날에 아주 현명하고 성스러운 성자가 있었다.

그가 바위 위에 앉아 오랫동안 진리에 대하여 생각하고 있을 때, 어떤 사람이 그를 찾아왔다.

그는 지혜로운 책들을 많이 읽었고 동서양의 지식을 두루 배운 사람이었다.

그가 다가왔을 때, 성자가 말했다.

"자네가 왔군. 여러 곳을 다니며 공부를 다 마쳤나?"

"예, 모든 것을 배웠습니다. 하지만 정말로 필요한 것은 갖지 못했습니다. 계속 찾고는 있지만 아직 얻지는 못했지요."

"필요한 것이 뭔가?"

성자가 물었다.

"명예와 돈입니다. 저는 자유롭고 행복하기 위해서 모든 것을 공부했지만 아직도 그것을 갖지는 못했습니다. 온갖 곳을 다 찾아보았지만 아직 얻지 못했습니다. 행복하고 자유롭기 위해서 명예와 돈이 필요한데, 아직도 그것들을 얻지 못했지요."

"자넨 정말로 그동안 그것을 얻기 위해 노력했나?"

성자가 물었다.

"물론이죠. 명예와 돈을 갖기만 한다면 얼마든지 자유로울 수 있어요!"

그 남자가 말했다.

"만일 내가 그것들을 가지고 있다면, 사람들은 모두 나를 존경할 것입니다. 그래서 저는 그것들을 얻기 위해 공부하고 노력했지만 아직 그것들을 갖지 못했습니다."

"그렇군, 그러면 자넨 지금 뭘 원하나?"

"물론 재물과 명예를 원합니다."

"좋아. 그럼 저기 저 산 아래에 가서 흙과 돌멩이 두 개를 가져오게. 그러면 자네가 필요한 만큼의 재물을 가지게 될 걸세."

그 남자는 성자의 말대로 흙과 돌멩이 두 개를 가져왔다.

성자는 산을 향해 흙을 뿌리고 돌을 던졌다. 그러자 흙은 금화가 되고 돌멩이는 다이아몬드와 루비로 변했다.

이것을 본 남자는 몹시 흥분하여 그 보석이 있는 곳으로 달려가 정신없이 금은보화를 긁어모으기 시작했다. 그는 셔츠, 신발, 허리띠 등에 닥치는 대로 보석들을 집어넣었다. 그러나 그는 탐욕과 욕심으로 보석을 너무 많이 쑤셔 넣어 움직일 수도, 걸을 수도 없는 상태가 되고 말았다. 그는 몹시 아까워하며 다시 보석들을 내려놓아야 했다.

그러나 이번에는 보석들을 머리 위에 하나 둘 쌓으며 황홀한 듯 즐거워했다. 하지만 너무 무거워지자, 그는 보석들을 다시 내려놓고는 울부짖었다.

집어 올리고 내려놓기를 몇 번, 그것들은 그가 가장 갖고 싶어 하던 것이었기 때문에 그 어느 것 하나라도 남겨 놓을 수가 없었던 것이었다.

그는 그렇게 보석을 앞에 놓고 울부짖기를 7일 동안이나 계속했다. 그러는 동안에 그는 아무것도 먹지도 마시지도 못해 몸이 무척 쇠약해져 갔다. 목소리는 힘이 없었고, 기운이 모두 떨어져 땅에 엎드려서 일어나지도 못했다.

이때, 성자가 그에게 다가와 말했다.

"이게 뭔가? 자네 아직도 재물을 가지고 떠나지 않았나?"

그러자 남자는 신경질적으로 말했다.

"내 재산, 내 보석!"

"그래, 그래 그것들은 자네 것이야. 그러니 가지고 가게."

"안 돼요. 이것들을 집으로 가져갈 수는 없어요. 누군가 훔치려 할 거예요. 차라리 여기에 머물러 있으면서 지키는 것이 훨씬 안전할 거예요."

"그러면 자넨 그것들을 가지고 여기서 죽을 건가? 이렇게 먹지도 마시지도 않으면 자넨 죽게 될거야."

그러나 그 남자는 꿈쩍도 않고 오로지 보석만 끌어안고 안절부절못했다.

또다시 3일이 지났다.

이제 그는 간신히 숨을 헐떡이며 보석더미 위에 쓰러져 있었다.

다시 성자가 그에게로 와서 물었다.

"아니, 아직도 떠나지 않았나?"

"안 돼요, 안 돼. 이건 내 재산이에요. 나는 보석과 함께 여기에 있어야 해요!"

하는 수 없이 성자는 그에게 마차를 가져다 주며 말했다.

"이 마차에 보석을 모두 싣고 떠나게."

"안 돼요! 난 마차를 끌 힘이 없어요. 게다가 보석을 고향으로 가져가면, 많은 사람이 훔치려 해서 결국 하나도 남지 않을 거예요."

"하지만 자넨 재물과 명예를 원한다고 하지 않았나. 만일 이것을 집으로 가지고 가면, 사람들이 자네를 부러워하고 한없이 존경할 걸세."

"이것을 가지고 가면 그들은 나를 죽일 거예요! 가지 않겠어요. 차라리 내 재산을 갖고 이곳에 있겠어요."

"처음에는 그들이 자네를 찬양하고 존경할 것이라고 말하더니, 이제는 자네를 죽일 것이라고 하는군."

성자는 놀라며 말했다.

"자네가 이곳에 있으면, 결국 자네는 아무의 도움도 얻지 못하고 혼자 죽게 될 거야."

"내가 죽거나 안 죽거나 이것들은 내 것이에요!"

그 남자가 소리쳤다.

그 남자는 성자가 무슨 말을 해도 이해하지 못했고, 그에게 밥과 물을 가져다 주어도 먹지 않았다. 오히려 그는 의심을 하며 이렇게 물었다.

"내게 독약을 먹여서 재산을 가로채려 하는 게 아닙니까?"

"나는 내 재산만으로도 충분해."

남자는 보석과 돈에 완전히 눈이 멀어 차츰 배고픔도 느끼지 못했다.

결국 그는 죽고 말았다.

하지만 남자는 그의 재산이 없어지지나 않을까 너무 걱정한 나머지 유령이 되어서도 보석과 재물 주위를 떠나지 못하고 불안한 듯 서성거렸다.

그러자 성자가 그 유령에게 물었다.

"지금 자네의 상태가 어떤가? 자네의 재산은 지금 어디에 있나? 그것들은 다시 흙이 되었다네. 돌은 돌로, 흙은 흙으로 다시 변했지. 자네는 이것들로부터 뭘 얻었나? 아무것도 얻지 못했고 지금은 유령이 되어 있지 않은가. 자네의 욕망 때문에 목숨까지 잃었네. 그 오랜 세월 동안 자네가 찾아 헤매던 것이 바로 이 돌과 흙이었단 말인가."

그러나 유령이 되어서까지 이 남자는 여전히 재산에 눈이 멀어 쓸모없는 흙과 돌을 부둥켜 안고 있었다.

"이것이 자네 일생 동안의 결과야. 만일 자네가 지혜를 얻기 위해 노력했다면, 얼마나 훌륭했겠는가! 그것은 가장 중요한 보석이기 때문에 자네는 매우 고귀해질 수 있었을 거야. 그것은 자네에게 진정한 행복과 명예를 가져다 주었을 거야. 그것이야말로 진정한 재산이지."

"당신이 무슨 말을 해도 나는 아직도 내 재산을 원해요."

"이리 오게!"

성자는 재빨리 유령을 잡아 단지에다 넣고 뚜껑을 닫았다.

"이것이 자네의 다음 생이네. 자네는 지혜를 잃어 버렸고, 그래서 이 흙으로 만든 단지 안에 갇히게 되었지. 하지만 나올 방법은 있네. 나는 지혜롭기를 원한다. 이제야 그것을 알게 되었다. 하고 말하기만 하면 되지. 그러면 나오게 될 거야. 자네가 지금 갖고 싶어 하는 것은 이 세상의 부야. 그것 때문에 유령이 되었지. 욕심이 너무 지나쳤기 때문에 이 세상의 흙으로 빚은 단지 속에 들어가게 된 거야. 이 단지 안에서는 자네가 원하는 어떤 사악한 일도 다 할 수 있네. 그러나 나오고 싶다면 진심으로 잘못을 뉘우치게. 그러면 나오게 될 테니."

"나는 내 재산을 원해요!"

유령은 신음하듯 말했다.

"그렇다면 좋아. 흙으로 돌아가서 그곳에 있게. 파멸을 원한다면 그곳에 머물러 있어야지."

이렇게 말하고 성자는 어디론가 떠나 버렸다.

죽비 소리 | 재물은 우리의 마음을 병들게 하고, 결국 파멸의 길로 이끈다. 그러나 세상을 떠나고 나면, 모든 재물은 우리에게서 사라지고 만다. 금은보화를 원해서 세상의 모든 재물을 얻는다 해도 죽음에 이르면 그것은 한낱 쓸모없는 것에 지나지 않다.

그러므로 영원히 변하지 않고 결코 사라지지 않는 그런 재산을 구해야 한다. 올바른 지혜와 진리의 습득은 가장 귀중한 삶의 다이아몬드, 가장 훌륭한 보석이다. 그렇게 할 때, 우리들의 몸은 보석처럼 빛나게 될 것이며 삶은 완전해질 것이다.

동전 두 닢의 공덕

　어떤 장자가 공양할 물건을 가득 싣고 산으로 가는 것을 보고 한 여자 거지가 생각하였다.

　"저 사람은 전생에 선행을 쌓아 부자가 된 것이다. 내가 지금 공덕을 쌓지 않는다면, 내세에는 더욱 가난해질 것이다."

　그리고는 간직해둔 동전 두 닢을 아낌없이 보시하였다. 그때 옆에 있던 한 스님이 직접 나서서 여자 거지를 위해 발원문을 외워 주었다.

　그 스님의 정성스런 발원으로 하여, 마침 그곳을 지나던 왕이 보시를 마치고 기쁜 마음으로 내려오는 여자 거지를 보고 그 아름다운 마음씨에 반하여 왕비로 맞아 들였다.

　"제가 비천한 몸으로 전하의 사랑을 받게 된 것은 저를 인도해 주신 스님의 덕이니 시주하게 하여 주십시오."

그녀는 왕에게 간청하여 보물을 가득 싣고 다시 그 스님을 찾아 갔다.

그러나 스님은 이번에는 일어나지도 않고 발원문을 외워주지도 않는 것이었다. 이제 왕비가 된 여자 거지는 이상하게 여겨 스님 에게 물어보았다.

"지난 날 동전 두 닢을 보시했을 때에는 스님께서 발원문을 외 워주셨습니다. 오늘은 제가 왕비가 되어 수많은 재물을 보시했는 데 어찌하여 발원문을 외워주시지 않으십니까?"

스님은 그때야 비로소 말씀하셨다.

"왕비께서 거지였을 때 동전 두 닢을 보시한 마음은 참으로 갸 륵한 선심으로 가득했었습니다. 그러나 왕비가 되신 지금은 자랑 스런 마음이 도사리고 있습니다. 불법에서는 재물을 중요하게 여 기지 않습니다. 지극한 마음으로 하는 보시가 참다운 것입니다."

죽비 소리 | 인간은 누구나 크고 작은 실수와 악을 저지르며 살아 가고, 모든 행위는 한번 일어나면 과거가 되어 버린다. 그러나 우리 는 과거를 되돌아 보아야 자신을 이해할 수 있고, 또 그러한 이해가 앞으로의 길과 연결될 때 늘 새롭게 탄생할 수 있다. 다시 말해 인생 의 가치는 생애의 길이가 아니라 생애를 만들어가는 자각과 활용에 있다.

우두머리 원숭이

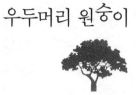

옛날 인도 바라나시의 브라흐마닷다 왕은 어느 날, 시내에서 큰 축제를 열도록 명을 내렸다. 축제의 나팔 소리가 온 시가지를 들썩이기 시작하자 궁전의 정원에 물을 주던 정원사도 시내에 나가 축제에 참가하기로 결심했다.

그러나 정원사는 자기가 해야 할 일을 대신해 줄 사람이 마땅치가 않았다. 그는 궁리 끝에 궁전 정원에서 살고 있는 원숭이들에게 부탁하기로 했다.

그는 원숭이의 우두머리에게 말을 건넸다.

"지금 시내에서는 왕의 명령으로 축제가 열리는데 나도 그곳에 가봐야겠다. 이 정원은 나무들이 많아 너희들이 지내기가 아주 좋은 곳이지 않느냐? 너희들은 이 정원을 거닐면서 꽃과 열매를 따 먹어도 좋다. 그런데 지금부터 물을 줘야 하는데, 내가 돌아올 때까지 너희들이 이 묘목에 물을 주지 않겠니?"

"그거야 뭐 어려울 거 없지요."

원숭이 우두머리가 쾌히 승낙을 했다.

"그러면 부탁하네. 열심히 해주게."

정원사는 원숭이들에게 물을 퍼주는 바가지를 건네고서 시내로 축제 구경을 가버렸다.

그러자 원숭이 우두머리는 자기 무리들을 앞에 앉혀 놓고 일장 연설을 했다.

"너희들은 물이 얼마나 귀하고 소중한 것인지 알아야 한다. 우리도 물이 없으면 금방 목이 말라 죽게 된다. 그러니 묘목에 물을 줄 때는 뿌리를 일일이 뽑아보고 깊이 들어간 뿌리에는 물을 많이 주고 깊지 않은 뿌리에는 물을 적게 주어야 한다."

하고 지시했다.

원숭이들은 우두머리가 시키는 대로 했다.

이때, 어떤 사람이 이 정원 근처를 지나다가 원숭이들의 하는 짓을 보고 물었다.

"여보게 원숭이들, 그대들은 지금 무엇을 하고 있는가?"

"우리는 지금 정원사의 부탁으로 묘목에 물을 주고 있는 거요."

그러자 이 사람은 혀를 끌끌 차면서 혼잣말을 중얼거렸다.

'아, 저 미련한 것들은 남을 도와주려고 하면서도 전혀 도움이 되지 않은 일을 하고 있구나.'

하면서 혼자 시를 읊었다.

'유익한 노력을 하더라도 잘해야만 성공하는 법, 어리석은 짓은 오히려 해가 되네. 정원에 살고 있는 저 원숭이들처럼 말일세……'

죽비소리 | 겸손은 이론이 아니다. 쓰레받기는 뒤로 물러설수록 많이 담을 수 있고 바다는 가장 낮은 곳에 몸을 두기 때문에 천하의 물을 수용하게 된다. 겸손은 바로 이와 같은 평범한 진리를 깨닫고 실천하는데 있음을 명심하여야 하겠다.

무의식과 타성의 삶

지네가 숲 속을 어기적어기적 기어가고 있었다. 알다시피 지네는 수많은 발을 가지고 있었지만 발걸음이 엇갈리지 않고 일사분란하게 목표를 정한 곳으로 기어갔다. 지네가 기어가는 모습을 지켜보던 두꺼비가 감탄하여 물었다.

"너는 그렇게 많은 발을 가지고 있으면서도 어떻게 그리 질서 있게 움직일 수 있니?"

그 물음에 지네는 걸음을 멈추고 이상하다는 듯이 두꺼비를 바라보았다. 지네의 생각으로는 두꺼비의 물음이 너무나 어리석은 것으로 여겨졌던 것이다. 태어난 후로 한 번도 이런 질문을 받아본 적이 없었을 뿐더러, 자기 자신도 습관적으로 움직여 왔던 자기 발의 움직임에 대해서 생각해 보지 않았기 때문이다. 그래서 한동안 그 물음에 대답을 하지 못하고 우물쭈물하고 있다가, 마침내 실제 동작을 통해서 설명해 보이기도 했다.

"잘 봐. 발이 이렇게 많아도 아무런 불편없이 기어갈 수 있는 것은 앞발을 움직이면 바로 다음 발이 움직이기 시작하고, 뒤에 있는 발이 따라 움직일 준비를 하지."

그러나 발을 하나 하나 천천히 움직이며 설명을 하던 지네는 그만 자기도 헷갈리게 되고 발과 발이 겹치고 꼬여서 더 이상 앞으로 나갈 수가 없게 되었다.

무의식과 타성에 젖은 반복 작업이란 어느 때는 제동이 걸리고 만다.

죽비 소리 | 부처님은 환상으로써 사람의 마음을 기쁘게 하기보다는 인간을 죽음이라고 하는 비극적인 운명 앞에 세우고 그 운명을 응시함으로써 깨달음의 길 즉, 죽음을 초월할 수 있는 길을 가르쳐 주셨다. 악을 써가며 불사의 기도를 하는 것이 아니라 오히려 훌륭히 죽을 수 있기 위해서 훌륭히 살기를 가르치는 것이 불교이다.

때늦은 후회

넓다란 산에서 목동이 양을 기르고 있었다. 순한 양들
은 목동이 이끄는 대로 이리저리 몰려다니며 풀을 뜯어 먹었다.
그런데 어느 날, 그곳에 늑대 한 마리가 나타났다. 목동은 화를 내
며 늑대를 쫓아내려 했다.

그러자 늑대는 태연하게 말했다.

"목동님, 너무 걱정하지 마십시오. 저는 양들을 무척 좋아합니
다. 그래서 양들이 노는 모습을 구경하러 왔을 뿐입니다. 저는 절
대로 양들을 헤치지 않을 것입니다."

늑대는 밤늦게야 그곳에서 돌아갔다. 그리고 늑대는 이튿날에
도 그곳에 나타났다. 그날도 늑대는 하루종일 양들이 노는 모습을
구경하다가 돌아갔다. 그리고 그 다음날에도 늑대는 어김없이 나
타났고, 밤늦게 돌아갔다.

그렇게 며칠이 계속되자 목동은 늑대에게 넌지시 물었다.

"자네는 정말 양들을 좋아하는가?"

"물론 입죠, 목동님!"

늑대가 굽실거리며 대답했다.

"양들이 무엇이 그리도 좋은가?"

"착하고, 귀엽고, 어린아이 같으니까요."

목동은 늑대의 말이 옳다고 생각했다. 목동이 생각해도 양들은 착하고, 귀엽고, 그리하여 어린아이만 같았다. 그러자 목동은 웬일인지 늑대가 예전처럼 밉지가 않아졌다.

목동은 차츰 늑대와 친하게 되었다. 늑대가 놀러 오면 먹을 것도 주고, 즐거운 이야기도 나누고 하면서 다정하게 지냈다.

그러던 어느 날 이었다. 목동이 갑자기 읍내에 나가야 할 일이 생겼다. 그러나 양들을 내버려두고 갈 수가 없었기 때문에 걱정이었다.

그런데 늑대가 어찌 그 일을 알고서 목동을 안심시켰다.

"염려 말고 다녀오십시오. 제가 양들을 돌보아드리겠습니다."

목동은 고마워서 늑대의 머리를 쓰다듬어 주었다.

"잘 부탁하네."

"염려 마시라니까요. 목동님!"

그러나 목동이 읍내로 나가자, 늑대는 본래의 마음으로 돌아가 사나워지기 시작했다. 늑대는 그동안 굶주렸던 배를 채우기 위하여 닥치는 대로 양들을 잡아먹었다. 그리고 늑대에게 잡아먹히지 않은 양들은 늑대를 피하기 위하여 어디론지 달아나 버렸다.

읍내에서 돌아와 그 일을 안 목동은, 그만 넋을 잃고서 그 자리에 드러눕고 말았다. 목동은 마침내 두 손으로 가슴을 쥐어박으며 울부짖었다.

"늑대를 믿었던 게 잘못이지! 늑대에게 양을 맡긴 내가 미친놈이지! <u>으흐흐흐</u>."

목동의 울부짖음은 하늘을 찔렀지만, 이미 돌이킬 수 없는 일이었다.

죽비소리 | 많은 사람들은 자기 자신의 외로움으로부터 벗어나기 위해 술과 여자, 도박 등의 쾌락을 택한다. 그러나 이러한 광적인 행동에도 불구하고 사람들은 계속해서 군중 속의 고독이라든가 가정 안에서의 외로움 따위를 느끼고 있다. 이는 바로 인간이란 누구나 자신에게 주어진 만큼의 외로움을 감수해내지 않으면 안된다는 사실을 입증하는 것이다.

반면에 자기 자신의 외로움을 진솔하게 받아들인다면 자신을 보호할 수 있는 사람은 바로 자기 자신이며 그 누구도 자신의 삶을 대신할 수 없음을 자각하게 될 것이다.

태양을 쏘다

아주 멀고 먼 태고적 일이다.

그 시절 하늘에는 두 개의 태양이 있었다. 하나는 동쪽에서 뜨는 태양이었고, 또 하나는 서쪽에서 뜨는 태양이었다.

서쪽에서 떠오르는 태양은 매우 뜨거웠을 뿐만 아니라 크기 또한 상상할 수 없을 정도로 컸다. 태양이 너무 크고 뜨거워서 지상에서는 연기가 날 정도여서 아무런 식물도 성장할 수 없었다.

그래서 어떤 총명한 사람이 한 가지 방법을 생각해 냈다. 그것은 용사들을 모아 큰 활을 주어 서산으로 올려 보낸 다음 태양을 향해 화살을 쏘게 하는 일이었다. 많은 용사들이 이 일에 자원했다.

그들은 함께 출발하여 매일매일 서둘러 길을 재촉했다. 이렇게 해서 10년이 넘는 세월을 걸어갔다. 왜냐하면 가는 길이 워낙 멀었기 때문이다.

어떤 용사는 길을 걷다가 다리가 부러지기도 했고, 몸이 쇠약해져 죽는 사람도 있었다. 너무 오랜 세월이 흐르다 보니 결국 한 사람 한 사람 병들어 죽게 되었다.

마침내 나이가 젊은 용사들만 남게 되었다.

"아무리 발버둥치며 노력해도 갈 길은 아득히 멀고 두렵기만 합니다. 차라리 집으로 돌아가고 싶을 정도입니다. 우리가 만일 서산의 태양을 쏘지 못한다면 다음 용사들에게는 반드시 자기 아이를 데리고 가라고 해야겠습니다."

그리하여 제2부대의 용사들은 각자 자기 아이들을 등에 업고 길을 떠났다.

그들은 1년 또 1년을 걸어 20년을 걸었다.

어린아이들이 자라 청년이 되자 아버지 대의 늙은 용사들은 화살을 아들들에게 인계하고는 집으로 돌아가고 말았다.

화살을 인계받은 젊은이들은 계속해서 서산을 향해 걸어갔다. 마침내 그들이 서산에 도착 했을 때는 이미 나이가 3,40대에 이른 장년의 나이가 되었다.

그들은 서산에서 태양이 솟아오르기만 기다렸다. 드디어 태양이 떠오르자 그들은 일제히 태양을 향해 활시위를 당겼다. 화살은 똑바로 날아가 태양에 명중되었다.

상처를 입은 태양은 많은 피를 흘리면서 서쪽 하늘을 온통 붉게 물들였다. 태양은 피를 흘린 뒤부터 곧 창백하게 빛을 잃었다. 한번 그 위력을 잃어버린 태양은 다시는 강렬한 빛과 열을 방출할 수 없게 되었다.

들리는 바에 의하면 달은 바로 그 태양이 피를 흘린 후 점점 작아져 변한 것으로서 달 중앙의 흑점은 바로 화살로 인해 받은 상처의 흔적이라는 것이다.

용사들은 임무를 마치고 모두들 자기 집을 향해 걸어갔다. 그러나 서산을 향해 올 때와 마찬가지로 집으로 돌아갈 때도 많은 고생을 했다.

그들의 머리는 이미 온통 백발이었고, 허리는 구부러져 모두 다 쇠약한 노인으로 변하고 말았다. 그러나 그들의 마음은 매우 홀가분하고 즐거웠는데, 그 이유는 그들이 해야 할 책임을 다했기 때문이었다. 집에 돌아오자 지상은 과연 그렇게 뜨겁지 않았고 식물의 성장 또한 정상적이 되어 사람들이 모두 생활의 안정을 찾은 모습을 볼 수 있었다.

즉비소리 | 침묵은 자타에게 해를 끼치는 말보다 낫다. 그러나 침묵해야 할 때를 알고 있는 침묵은 현명하지만, 사리를 판단하지 못하는 어리석음 때문에 침묵하는 것은 악에 동조하여 묵인하는 것과도 같은 것이다. 그러므로 현명한 사람이라면 말할 때와 침묵을 지킬 때를 분명히 알아 침묵이 상대방의 악을 더욱 깊게 하거나 동조하는 의미가 될 때는 말로써 잘못을 바로잡아야 한다.

동자승과 자라

신라 제38대 원성왕 시절이었다. 왕은 당시 고명한 지해 스님을 대궐 안에 초청하여 왕과 나라의 안녕을 기원하는 구국 법회를 열도록 했다. 법회는 50여 일 간 계속되었다. 이때 지해 스님은 묘정이란 어린 동자승을 데리고 가서 시중을 들게 했다.

묘정은 늘 금광정이라는 우물에 가서 스님들의 밥그릇을 씻었다. 그런데 이 그릇들을 씻다 보면 으레 자라 한 마리가 우물 속에서 불쑥 올라왔다가는 도로 들어가곤 하였다.

묘정은 그 자라가 귀여워 때때로 자기가 먹다 남긴 밥을 가져다 주었는데, 이로서 자라와 아주 친해졌다.

마침내 50일 간 계속된 법회도 끝나 절로 돌아갈 때가 되자, 묘정은 우물 속의 자라와 헤어지는 것이 못내 섭섭해 장난말로 물었다.

"자라야, 이제 너와 헤어질 수밖에 없게 되었다. 그런데 난 너에게 작은 은혜나마 베풀었는데 너는 무엇으로 보답하겠니?"

자라는 말없이 깊은 생각에 잠기는 듯하더니, 다시 물 속으로 들어갔다 나와서는 조그만 구슬을 한 개 물어다가 묘정의 발 아래에 놓았다. 묘정은 기특하게 여겨 이 구슬을 허리띠에 매달고 다녔다.

그런데 그 후부터 왕을 비롯한 궁중의 모든 사람들이 묘정을 소중하게 아끼고 사랑하며 가까이하려고 했다. 그래서 묘정은 왕의 명으로, 법회가 끝났지만 지해 스님을 따라 절로 돌아가지 못하고 궁중에서 지내게 되었다.

묘정이 자라에게서 얻은 구슬은 바로 여의주였다. 여의주란 용의 턱밑에 달려 있는 구슬로서, 이 구슬을 가진 사람은 여러 가지 변화를 마음대로 부릴 수 있다는 말이 전해져 내려오고 있다.

세상의 하찮은 미물에게도 은혜를 베풀면 반드시 보답이 온다는 이야기다.

죽비소리 | 일상생활의 외부로부터 일어나는 갖가지 유혹에 부딪치더라도 자신의 주인인 마음만 흔들리지 않는다면 어떠한 망령된 생각들도 자신을 괴롭히지 못한다. 그러므로 마음을 비우는 수행을 자주 계속한다면 거기에 바로 부처님의 참모습이 나타나게 될 것이다.

네 명의 친구

옛날에 네 명의 건장한 사나이가 저마다 높은 산봉우리 위에서 살았다.

산봉우리가 가까이 연이어 있어 네 사나이는 자주 왕래하게 되었다. 얼마 지나지 않아 그들은 매우 친한 친구 사이가 되었다. 사귀어 보니 서로 감정이 잘 통했기 때문이다.

어느 날 그들은 서로 모여 이야기를 나누다가 한 사람이 이런 제안을 했다.

"그래 우리가 이렇게 뜻이 맞아 자주 모이는 것이 얼마나 좋은가? 그런데 우리들은 나이 차이가 조금씩 나니 이 기회에 아주 서열을 정하는 것이 어떨까?"

"꼭 그럴 필요가 있겠나? 여태껏 우리에겐 아무런 불편도 없지 않았나?"

"그렇지만 혹 의견 통일이 잘 안 될 땐 제일 맏이의 말을 듣는다든가 하는 것이 모양이 좋을 것 같기도 해."

그리하여 네 명의 친구들은 연령 순서에 따라 서열을 정했다. 첫째, 둘째, 셋째, 넷째 등으로 말이다.

첫째, 둘째, 셋째는 공부를 많이 한 사람들이었다. 책도 많이 읽었을 뿐만 아니라 요술까지도 배웠다. 너무나 책읽기를 좋아한 나머지 일상 생활의 사소한 일 따위에는 도무지 관심을 두지 않았다.

넷째는 약간 유별났는데 비록 공부는 많이 못했지만 그대신 일상 생활에서 벌어지는 각종 일들에 대해서는 오히려 박식했으며, 그런 일에 대해 연구하기를 즐겼다. 그래서인지 그의 상식은 매우 풍부했다.

그러던 어느 날 바깥 세상이 궁금해진 그들은 하산하여 천하를 돌며 여행을 하면 어떨까 하는 생각을 하게 되었다.

첫째가 말했다.

"우리들 가운데 넷째만이 공부를 많이 하지 못했으니 내가 보기엔 그에게 돈을 조금 줘서 집을 지키라고 하고 셋이서 떠나는 게 좋겠어. 넷째가 이번 여행에 동행한다 해도 그에겐 별로 큰 의미가 없을 것 같거든."

그러자 둘째가 말했다.

"그게 좋겠어. 집을 나서면 집에 있을 때와는 상황이 많이 다를 테니 말이야. 길을 가다가 혹시 대학자라도 만나게 되면 우리들 가운데 좀 모자란 사람이 있다는 것을 금방 알텐데 그런 비웃음을 당하기는 싫거든. 그러니 내가 볼 때도 역시 넷째는 여기 남는 게 좋겠어. 어떤가, 자네 생각은?"

"우리들은 모두 형제나 다름없는 사이가 아닌가? 우리가 집을 나선다면 마땅히 함께 가야 할 일이 아니겠나? 내가 볼 때는 역시 넷째도 함께 떠는 것이 당연하다고 보내."

이 말을 들은 첫째와 둘째는 셋째의 말대로 모두 좋은 날을 정해 여행을 떠나기로 했다.

며칠이 지났다.

그들이 집을 떠나 어떤 산을 걸어갈 때였다. 그들은 누가 먼저라 할 것도 없이 땅바닥에 널브러져 있는 호랑이의 뼈를 발견하고 발길을 멈췄다. 누가 죽었는지 너무 처참한 광경이었다.

첫째가 말했다.

"우리 모두 머릿속에 들어 있는 학문과 가지고 있는 능력을 발휘하여 죽은 호랑이를 살려낼 수 있는지 실험해 보자. 나는 내 능력으로 호랑이의 뼈를 모아 맞춰 보겠어."

둘째도 나섰다.

"나는 호랑이의 혈관과 창자에 피가 통하도록 하겠어."

셋째도 자신의 능력으로 해낼 수 있는 바를 밝혔다.

"나는 호랑이에게 능력을 불어 넣어 주겠어."

의기가 투합된 세 사람은 곧 작업을 시작하려고 했다.

그러자 그때까지 말없이 세 사람의 대화를 듣고 있던 넷째가 그들에게 경고했다.

"이 친구들아 이건 한 마리 늙은 호랑이에 불과하지 않나. 설사 자네들이 이 호랑이를 살릴 수 있다고 치세. 그렇다고 해서 도대체 우리에게 무슨 이익이 있다는 건가? 난 도저히 이해가 가지 않네."

곧바로 첫째의 역정이 날아 왔다.

"허튼소리 하지 말아. 자네가 도대체 뭘 안다고 나서는 건가?"

넷째는 체념한 듯 대꾸했다.

"그렇다면 자네들 잠깐만 기다려 주게나. 난 아무래도 이 일에서 빠지고 싶으니까. 나는 지금부터 나무 위에 기어 올라가 있을 테니 양해해 주게."

잠시 후 세 사람은 각자의 능력을 다해 호랑이를 살려 냈다.

그런데 살아난 늙은 호랑이는 큰 소리로 으르렁거리면 눈 깜짝할 새에 앞에 있던 첫째와 둘째를 차례로 물어 죽이고 말았다.

넷째는 한숨을 쉬며 나무 위에서 이 광경을 지켜보고 있었다.

그러다가 셋째가 살려 달라고 손을 마구 흔드는 것을 보고 그를 나무 위로 끌어 올렸다.

"아, 자네 말을 들을 걸 그랬네. 일이 이렇게 될 줄이야."

넷째는 한숨을 내쉬며 대꾸했다.

"너희들 모두는 뱃속에 학문은 들어 있는 모양이다만 상식이라고는 조금도 없구나."

죽비소리 | 이 세상을 살다보면 비난을 받지 않고 오롯하게만 살 수는 없다. 피할 수 없는 비난은 인내로써 받아들여야 한다. 비난을 받았다고 해서 화를 내서는 안된다. 시간이 반드시 해결한다는 것은 우리의 소중한 경험이 아닌가. 원한을 가지고 비난에 대처하는 것은 마찬가지로 매우 어리석은 일인 것이다.

도둑의 깨달음

3세기 무렵 인도 남부에 나가르슈나라는 위대한 스승이 있었다. 용수란 이름으로 우리나라에도 널리 알려져 있는 이 사람은, 대승불교의 포괄적 체계를 수립한 불교사상계의 거성이다.

어느 날 악명 높은 도둑이 용수를 찾아왔다. 도둑은 용수를 만나자마자 그의 인품에 매료되어 흠모하는 마음을 갖게 되었다. 도둑이 용수에게 물었다.

"저도 당신처럼 도를 깨우칠 수 있습니까? 하지만, 그러기 위해서는 도둑질을 그만둬야 한다는 전제 조건은 내세우지 마십시오. 그것만 아니라면 당신이 시키는 대로 다 하겠습니다. 사실 저도 도둑질을 그만두려고 무척 애를 썼습니다만 번번이 실패했습니다. 그래서 이젠 그걸 제 운명으로 받아들이기로 했습니다. 그러니 도둑질에 대해선 아무 말도 말아 주십시오."

"왜 그렇게 두려워하는가? 그대가 도둑이라고 누가 그것을 상관하던가?"

"그러나 수도승이나 성자들을 찾아가면 그들은 언제나 '먼저 도둑질을 그만두어라' 하고 말합니다."

"그렇다면 그대는 그들을 찾아간 것이 틀림없다. 그렇지 않으면 그들이 왜 도둑질에 신경을 쓰겠는가? 나는 그런 일에 상관하지 않는다."

그러자 도둑은 매우 기뻐하며 말했다.

"그렇다면 좋습니다. 저도 당신의 제자가 될 수 있겠군요. 당신은 진정한 스승입니다."

용수는 그 도둑을 제자로 받아들였다. 그리고 이렇게 말했다

"이제 그대는 어디에 가든지 그대가 하고 싶은 일을 할 수 있다. 대신 한 가지 조건이 있다. 그대는 항상 깨어 있어야 한다는 것이다. 물건을 훔치고 싶다면 그렇게 하라. 그러나 완전히 깨어 있는 상태에서 하도록 하라."

"좋습니다. 그렇게 하지요."

얼마가 지난 뒤 도둑이 다시 찾아와 말했다.

"당신이 나를 속였습니다. 깨어 있게 되면 도둑질을 할 수가 없습니다. 그리고 도둑질을 하면 깨어 있는 것이 사라져 버립니다. 이제 나는 곤경에 빠졌습니다."

"도둑질에 관해서는 나는 모른다. 이제 결정하는 일은 그대에게 달려 있다. 그대가 깨어 있기를 원한다면 그렇게 하도록 하라. 그리고 깨어 있기를 원치 않는 것도 알아서 하라."

"그렇지만 지금은 어렵게 됐습니다. 저는 벌써 조금씩이나마 스

스로 깨어 있는 것을 맛보았으니까요. 너무나 아름답더군요. 이제 나는 당신이 무어라 하든 모든 것을 버리겠습니다. 사실 어젯밤에 왕궁에 들어갔습니다. 금은보화를 얼마든지 훔칠 수 있었습니다. 그러나 당신의 제자가 된 이상 깨어 있음을 느껴야 했습니다. 자각을 하자 모든 동기와 욕망이 사라지는 것이었습니다. 다이아몬드도 돌멩이로 보였습니다. 그러나 자각을 잃어버리자 다시 다이아몬드로 보였습니다. 그렇게 자각하고 자각을 잃어버리기를 수없이 반복하다가, 결국 재물이란 것이 아무 가치 없는 것이라는 결론에 이르게 되었습니다."

죽비소리 | 확실한 목표를 갖게 되면 그 목표에 도달하려는 길도 함께 열린다. 그리고 목표대로 행동하면 이것은 우리의 잠재의식에 스스로 작용하여 또 다른 추진력으로 나타나게 된다. 잠재의식의 협력이 없으면 주저하게 되고 혼란을 일으켜 우유부단하게 된다. 그러므로 목표를 향한 꾸준한 노력만이 우리의 목표를 잠재의식에 흡수시켜 올바른 방향으로 이끌어가는 원동력이 될 수 있다는 사실을 명심해야겠다.

부부의 사랑

　부부간의 정과 화목함을 뜻하는 금슬(琴瑟)은 원래 거문고와 비파를 이르는 말이다. 두 개의 악기가 서로 어울려 아름다운 화음을 만들어내듯 부부가 함께 어울려 행복하게 살아가는 즐거움을 일컬어 '금실지락'이라고 한다.

　우리나라 민요 중에 나잇줄에 따른 부부 사이를 읊은 '부부요'라는 노래가 있다. '스무 줄은 서로 좋아서 살고, 서른 줄은 눈코 뜰 새 없이 살고, 마흔 줄은 못 버려서 살고, 쉰 줄은 서로 가엾어서 살고, 예순 줄은 고마워서 살고, 일흔 줄은 등을 긁어줄 사람이 없어서 산다.' 그렇게 미운 정 고운 정 들이며 백년해로하는 것이야말로 인생의 가장 큰 축복으로 여겼다.

　오복 중에 으뜸인 것이 바로 장수였는데, 그 중에서 최고는 회혼수였다. 회혼이란 결혼 예순돌을 뜻하는 말이다. 회혼을 맞은 부부는 성대하게 회혼례를 치른다. 벼슬한 사람은 임금으로부터 잔치 음식을 받고 축하객들은 방명록 쓰듯 각자의 이름을 써넣게 된다.

그 병풍을 만인병(滿人屛)이라 했는데, 옛 사람들은 만인병에 서명하면 장수한다는 믿음을 가지고 있었다. 그래서 회혼례에는 안면 없는 사람들까지 몰려들어 종일토록 북적대기 마련이었다.

만인병 두르고 잔칫상 차려놓은 다음에 회혼례를 베푼다.

우리나라 결혼 풍습 중에 혼인날 부부가 함께 입을 댔던 표주박을 백년해로의 표상으로 신방 천장에 매달아 놓는 풍습이 있었는데, 그 표주박을 60년 만에 다시 꺼내 부부가 함께 입을 대는 절차가 바로 회혼례다.

당시에 비해 수명이 늘어난 요즘도 회혼을 맞는 부부는 그리 흔하지 않다. 부부가 함께 천수를 누리는 것도 어렵거니와 결혼생활에 빚어지는 풍상과 애증을 극복하여 등 긁어 줄 때까지 사는 것도 쉬운 일이 아니기 때문이다.

죽비 소리 | 고통에서 벗어나는 준비물이 바로 지혜의 등불이다. 인간에게는 본래 나라고 할 만한 실체가 없다. 단지 인연에 의해 잠시 존재하다가 인연이 소멸되면 육신도 소멸하는 것이다. 그러므로 이와 같은 무상의 진리를 꿰뚫어 볼 수 있는 지혜만이 죽음의 고통을 깨뜨릴 수 있음을 알아야겠다.

이심전심

석가모니께서 영취산에 계시던 어느 날 대법천왕이 꽃 한 송이를 바치며 설법을 간청했다. 그러자 석가모니께서는 잠자코 그 꽃을 청중들에게 들어 보였다. 청중들은 그것을 무엇을 뜻하는지 몰라 어리둥절하고 있는데, 오직 한 사람 마하카샤파만은 석가모니와 시선이 마주치자 빙그레 웃어 보였다.

그러자 석가모니도 미소를 지으셨다. 그리고 나서 말씀하셨다.

"나에게는 일체의 진실을 꿰뚫어 볼 수 있는 지혜의 곳간이 있다. 이 미묘한 진리 세계의 깊숙한 곳에 있는 대조화의 모습을 보니 위 없이 안락한 마음이다. 그것은 우주의 진실을 밝히는 지혜이나 정해진 모습이 있는 것은 아니다. 실로 미묘한 지혜로서 이 미묘한 법을 마하카샤파에게 전하노라."

하셨다.

이를 두고 불교에서는 염화미소라 하여, 말이 아닌 마음에서 마음으로 전하는 진실된 가르침을 일컫는다.

죽비소리 | 스스로 지은 업에 따라 그 갚음을 받는다. 이는 어쩔 수 없는 진리다. 결국 좋은 것이든 나쁜 것이든 자신의 삶의 과보는 자기가 지은 업이 부르는 것이지 하늘이나 왕이 주는 것은 아니다. 이 세상 모든 것이 인연의 결과라는 것, 이것은 영원한 진리이다.

진정한 친구

서기 4세기경의 일이다.

이탈리아에 피스아스라는 청년은 당시 황제의 심기를 불쾌하게 만들었다. 그로 인해 피스아스는 교수형을 선고받았고, 정해진 날에 사형에 처해지게 되었다.

피스아스는 이름난 효자였다. 그는 죽기 전에 백 리 밖에 계신 어머니를 마지막으로 한 번 뵙고 싶었다. 자신이 더 이상 어머니를 돌아가실 때까지 편안히 모실 수 없어서, 진심으로 죄송하다는 말을 하고 싶었다. 그의 이러한 요구가 황제에게 전해졌다.

황제도 그의 깊은 효성에 감동하여, 그에게 어머니를 뵐 수 있도록 집에 다녀오는 것을 허락했다. 단 한 가지 조건이 있었다. 반드신 그를 대신해서 감옥에 있을 사람을 찾아오라는 것이었다. 그렇지 않으면, 절대 허락할 수 없다고 전했다.

어느 누가 머리가 잘려나갈 위험을 감수하면서 그를 대신해서 감옥에 있겠다고 하겠는가? 일단 그가 도망가 버리면, 스스로 자기 무덤을 판 신세가 되는 것이다.

그러나 수많은 사람들 중에 피스아스를 대신해서 감옥에 있겠다는 사람이 있었다. 그는 바로 피스아스의 오랜 친구인 다니엘이었다.

다니엘이 피스아스를 대신해 감옥에 들어간 후, 피스아스는 즉시 어머니께 영원한 이별을 고하기 위해 고향으로 달려갔다.

어느덧 시간은 빨리 지나갔고 피스아스는 고향으로 간 후 아무런 소식이 없었다. 형장으로 갈 날이 눈앞에 다가오는데 여전히 그는 무소식이었다.

일순간에 사람들은 모두 다니엘이 친구에게 속았다며 수군거리기 시작했다. 그러나 다니엘은 끝까지 자신의 친구가 반드시 돌아올 것이라 굳게 믿었다. 드디어 사형 집행일이 되었다. 다니엘이 형장으로 압송될 때, 하늘에서 우울한 듯 비가 내리기 시작했다. 주위에 서있는 관중들은 모두 다니엘의 어리석음을 비웃었다.

형이 집행되기 시작했다. 밧줄은 이미 다니엘의 목에 휘감겨 있었고, 겁이 많은 사람들은 이미 무서움에 두 눈을 꼭 감고 있었다. 그들은 마음속 깊은 곳에서 다니엘에게 깊은 안타까움을 가졌고, 친구를 팔아먹은 소인배 피스아스를 몹시 원망했다. 그러나 정작 다니엘은 호기 있고 위엄 있는 모습으로, 친구를 위해 기꺼이 죽겠다는 기백을 보였다.

바로 그 위기일발의 순간, 세찬 바람이 불고 폭우가 몰아치는 중에 피스아스는 마치 나는 듯이 급히 달려오며 큰 소리를 외쳤다.

"내가 돌아왔어요! 내가 돌아 왔어요!"

혹시 이게 꿈속이란 말인가? 사람들은 서로 물었다.

피스아스가 돌아왔다는 소식은 마치 날개가 돋친 듯 순식간에 황제의 귀에까지 전해졌다. 황제는 이 소식을 듣고, 꿈을 꾸고 있는 것으로 생각했다. 그러나 자신의 두 눈으로 그 광경을 목격하고는, 황제는 직접 형장 위로 올라가서 다니엘을 묶어 놓았던 밧줄을 풀어주었다. 또한 그를 우수한 시민이라고 칭찬했고, 결국 그의 죄를 사면했다.

다니엘과 피스아스의 눈에는 뜨거운 눈물로 가득했다.

죽비소리 | 진정한 친구란 양쪽 모두가 서로의 인품을 이해하고 칭찬하며, 또한 상대방을 굳게 신임하는 것이라 생각한다.

자비를 베풀어라

　인도 바라나시란 곳에서 브라흐마타 왕이 나라를 다스리고 있을 때, 보오디삿다는 코끼리로 태어났다. 그는 몸집이 커서 8만 마리 코끼리 떼의 우두머리가 되어 히말라야 산 밑에 살고 있었다.

　그때 코끼리가 지나가는 길가에 메추라기 암놈 한 마리가 알을 낳았다. 후에 알을 깨고 새끼들이 나왔다. 날개가 아직 생기지 않아 날 수가 없을 때, 보오디삿다가 코끼리 떼를 인도하여 먹을 것을 찾아 그곳으로 오게 되었다.

　이를 보고 메추라기는 생각했다.

　'이 코끼리 왕은 내 새끼를 밟아 죽일 것이다. 어떻게든 그에게 내 새끼들을 안전하게 보호해 달라고 부탁해봐야겠다.'

　메추라기는 보오디삿다 앞에 나아가 말했다.

"숲에 사는 뭇 짐승들의 우두머리인 코끼리님께 경배합니다. 이 연약한 내 자식을 밟지 마소서."

코끼리가 말했다.

"메추라기야 걱정 말아라. 내가 네 새끼들을 안전하게 지켜줄 것이다."

그리고 코끼리 떼는 지나가면서 메추라기에게,

"우리 뒤에 혼자 따라오는 코끼리가 있다. 그 놈은 우리말을 들으려 하지 않는다. 그놈이 오면 또 부탁해서 새끼들의 안전을 청하라."

고 말했다. 메추라기는 혼자 따라오는 코끼리를 만나 두 깃을 모아 합장하고 말했다.

"혼자 거닐며 숲 속에 사시는 코끼리님께 경배합니다. 연약한 내 자식을 밟지 마십시오."

그러자 코끼리는 이 말을 듣고 말했다.

"메추라기놈아, 네 새끼 같은 것은 안중에도 없다. 네 놈같이 약한 것이 내게 무엇을 할 수 있단 말인가? 너 같은 놈이 천백 마리가 와도 왼발로 차버릴 테다!"

하고는 메추라기들을 짓밟고 지나가 버렸다.

메추라기는 나뭇가지에 앉아 이 모습을 보고,

'지금은 네 멋대로 했지만 며칠 후 두고 보자. 너는 육체의 힘보다 지혜의 힘이 더 크다는 것을 모르고 있구나. 그것을 네놈에게 톡톡히 알게 해주리라. 연약한 내 자식을 밟아버린 코끼리 네놈에게 원수를 갚겠다.'

그날부터 메추라기는 여러 날 동안 까마귀에게 친절을 베풀었다. 그러자 기분이 흡족해진 까마귀가 어떻게 도와줄 것인가를 물었다.

그때 메추라기는 "까마귀님, 제게는 도와주실 것이 아무것도 없습니다. 다만 저기 저 혼자 다니는 코끼리의 두 눈을 당신 주둥이로 찔러 문질러 주십시오." 했다

까마귀는 바로 "좋다. 그까짓 청탁이라면……." 하고 승낙했다.

이번에는 쉬파리에게도 친절을 베풀었다. 그러자 쉬파리도 어떻게 보답을 해주는 게 좋겠느냐고 했다.

그때 "저 까마귀가 혼자 다니는 코끼리의 두 눈을 쪼으면 당신은 거기다 알을 낳아줄 수 없을까요?" 했다.

이 말을 듣고 쉬파리가 승낙하자, 다음에는 개구리에게 친절을 베풀었다.

"저기 혼자 다니는 코끼리가 소경이 되어 물을 찾고 있을 때 산 꼭대기에 가서 울음소리를 내고 코끼리가 산에 올라가면 이번에는 언덕 밑으로 내려와서 울어주십시오, 이것만이 나의 소원입니다." 하였다.

개구리도 "좋고 말구." 쾌히 승낙했다.

어느 날, 까마귀가 코끼리의 두 눈을 주둥이로 쪼으자 쉬파리가 달려들어 알을 슬었다.

코끼리는 구더기가 쑤셔서 아파 견딜 수가 없었을 뿐만 아니라 목이 타서 견딜 수가 없었다. 그래서 물을 찾으려 헤매고 있을 때, 개구리가 산에 올라가 울어댔다.

코끼리는 저기 물이 있을 테지 하고 산으로 올라갔다.

그러자 개구리는 다시 아래로 내려와 언덕 밑에서 울어댔다. 코끼리는 다시 개구리의 울음소리를 따라 언덕을 내려오다가 굴러 떨어져 죽어버렸다.

죽비소리 | 인색한 마음도 탐욕의 한 갈래라고 볼 때 탐욕의 뿌리가 얼마나 깊은가는 일상생활에서 자주 발견하게 된다. 과일이나 음식을 썩어서 버릴지언정 이웃에 선뜻 내놓지 못하는 것이 우리들 인심인지도 모른다. 인간은 버릴 것이 아무것도 없을 때 인색해지며 아무것도 버릴 수 없는 사람은 아무것도 느낄 수 없다는 사실을 깊이 명심해야겠다.

참다운 여행

참다운 여행자에게는 항상 방랑의 기쁨, 유혹, 모험심 등이 있다.

여행이란 방랑을 말하는 것이다. 그러니 방랑이 아닌 것은 여행이 아니다.

여행의 본질은 의무도 없고 일정한 시간도 없고 편지도 없고 호기심 많은 이웃도 없고 환영회도 없고 목적지도 없는 나그네길이다.

방랑의 정신이 있어야만 사람들은 비로소 휴가를 이용하여 자연에 접근할 수가 있다. 그러므로 이러한 여행자들은 인적이 드문 곳, 참다운 고독을 즐길 수 있는 곳으로 피서를 가고 싶어 한다.

미국의 어느 부인은 중국인의 친구들과 어울려 항주 부근의 산으로 아무것도 보지 않기 위하여 산에 올라간 경험담을 이야기해

주었다.

안개가 깊은 아침이었다. 올라갈수록 안개는 점점 더 깊어 갔다.

나뭇잎을 부드럽게 두드리는 물방울 소리도 들렸다. 그러나 안개 외에는 아무것도 보이지 않았다. 미국 부인은 실망했다. 자, 조금만 더 올라가십시오, 정상에서 바라보는 조망은 참 근사합니다. 하고 중국인 친구들은 자꾸만 졸라대는 그녀에게 말했다. 그녀는 참고 따라 올라갔다.

얼마 후 먼 곳에 구름에 싸인 못생긴 바위 하나가 나타났다. 그녀는 이쯤이 아닌가 생각하며 다 왔느냐고 물었다. 그들은 좀 더 올라가야 한다고 대답했다. 그 후 계속 올라갔으나 근사한 경치가 나타나지 않자 실망한 부인은 산을 내려가 버리고 싶은 생각이 간절했다.

이를 눈치챈 친구들이 산의 정상에 올라가면 정말 근사합니다. 하는 말에 그녀는 내려가는 것을 포기하고 친구들을 따라서 계속 올라갔다.

마침내 정상에 올라가서 사방을 둘러본 즉 안개만이 막막하게 떠오르고, 저 멀리 보이는 구름의 윤곽만이 수평선상에 희미하게 보일 뿐이었다.

"아니 여기서는 아무것도 보이지 않잖아요?"

하고 그녀가 항의하자,

"바로 그것이 좋은 점입니다. 우리는 아무것도 보지 않으려고 여기 정상까지 올라온 것입니다."

하고 친구들은 대답했다.

사물을 보는 것과 아무것도 안 보는 것과는 대단한 차이가 있다. 사물을 보고 돌아다니는 많은 나그네들은 사실은 아무것도 보는 것이 없다. 그러나 아무것도 보지 않는 사람들은 사실은 많은 것을 보고 있는 셈이 되는 것이다.

죽비 소리 | 부처님은 오래 사는 것에 가치를 부여하지 않으셨다. 단 하루를 살아도 진실을 찾고 남을 위해 봉사하며 창조적인 삶을 누린 사람의 생애보다 더 나을 것이 없다고 하셨다. 아울러 부처님은 안일과 나태를 경계하셨다. 희망과 꿈이 없으면 결국 해이한 생활을 반복할 수밖에 없다. 그러므로 해이한 생각을 떨쳐버리고 하루를 충실하게 사는 거룩함을 발견하는 것이 부처님의 가르침인 것이다. 문제는 시간의 길이가 아니라 어떻게 살아가는가 하는 그 생명의 충실함에 있다 하겠다.

가장 괴로운 것

옛날 다섯 가지 신통을 가진 수행자 한 사람이 있었다.
그는 깊은 산 속 나무 아래 앉아 고요히 선정을 닦고 있었다. 그때
비둘기와 까마귀, 뱀, 사슴 등 네 마리 짐승이 그의 곁에서 의좋게
살고 있었다.

어느 날 밤, 그 네 마리 짐승은 저희들끼리 무엇이 가장 괴로운
일인가에 대하여 서로 얘기를 하게 되었다. 그때 까마귀가 먼저
말했다.

"배고프고 목마른 것이 가장 괴롭지. 배가 고프고 목이 마르면
온몸이 나른하고 눈이 어두워지며 정신이 어지러워 그물에 몸을
던지기도 하고 작살이나 칼날도 돌아보지 않게 돼, 우리가 죽는
것도 모두 그 때문이야."

비둘기가 말했다.

"나는 이성에 대한 욕망이 가장 괴로워. 음욕이 불길처럼 일어날 때는 아무것도 돌아보지 않게 돼. 그 때만은 죽어도 좋다지 뭐, 그래서 몸을 위태롭게 하고 목숨을 잃는 것도 다 그 때문이지."

이번에는 뱀이 말했다.

"성내는 것이 가장 괴로워. 독한 마음이 울컥 일어나면 친하고 멀고를 가리지 않게 되어 남을 죽이기도 하고 스스로 죽기도 하지."

끝으로 사슴이 말했다.

"나는 불안과 공포가 가장 괴롭더라. 숲 속을 거닐면서도 혹시 사냥꾼이나 늑대가 나타나지 않을까 무서워. 부스럭거리는 소리만 나면 놀라서 달아나는 거야. 그러다가 구렁에 빠지기도 하고 낭떠러지에서 떨어지기도 하여 어미와 새끼가 서로 헤어져 애를 태우며 슬퍼하기도 한단다."

그들은 저마다 자기사정을 이야기했다.

그때 수행자가 말했다.

"너희들은 아직 괴로움의 뿌리를 모르고 있다. 이 몸은 괴로움을 담고 있는 그릇이므로 모든 근심과 고통은 여기에서 나온다. 그러므로 나는 이 몸을 탐하지 않고 괴로움의 뿌리를 끊으려고 열반의 길을 가고 있다."

죽비소리 | 세상 모든 일에는 반드시 해야 할 때와 하지 말아야 할 때가 있다. 해야 할 때 하지 않는 것은 기회를 잃는 것이지만, 하지 말아야 할 때 하는 것은 실패와 화를 초래하는 원인이 된다. 험난한 세상을 순탄하게 살아가는 사람과 순리에 따라 자신의 사업을 잘 번

창시켜나가는 사람들은 결국 해야 할 때와 하지 말아야 할 때를 잘
판단할 줄 아는 사람들이라 하겠다.

마녀의 슬픔

하리티란 여인은 시집을 가서 많은 아이를 낳았지만 천성이 마녀인지라 다른 집의 아이를 잡아죽이는 끔찍한 짓을 저지르고 다녔다. 그 때문에 왕사성의 민심이 뒤숭숭해지자 왕은 거리마다 경비를 엄하게 하도록 명하기도 하고, 점술가에서 점을 쳐 처방을 구했지만 별다른 효과가 없었다. 마침내 사람들이 죽림정사를 찾아와서 부처님께 마녀를 조복(調伏)시켜 줄 것을 간청했다.

이튿날 아침 부처님은 탁발을 마친 후 하리티의 집으로 찾아갔다. 그녀의 집에는 막내 아들만이 혼자 있었다. 부처님이 발우를 가지고 그 아이를 덮자 아이는 아무에게도 보이지 않게 되었다. 이윽고 하리티가 집에 돌아와 아들이 없어진 것을 알게 되자 눈물을 흘리며 미친 듯이 들로 산으로 거리로 찾아 헤매었다. 그러던 차에 그녀는 부처님의 모습을 발견하고, 달려가 발 아래 엎드려 말했다.

"세존이시여, 제 아들이 없어졌습니다. 저는 곧 미칠 것만 같습니다. 제발 자비를 베풀어 아들을 찾게 해주십시오."

부처님은 아이가 몇이 있냐고 물었다.

"많은 아들들이 있습니다."

"하리티야, 많은 아이가 있으면서도 그 중 한 아이가 보이지 않으면 이렇게 애가 타고 슬픈 것이다. 하물며 한 아이만 가진 사람은 오죽 하겠느냐?"

부처님 말씀을 듣고서야 그녀는 자신의 잘못을 깨닫게 되었다.

마침내 그녀는 눈물을 흘리며 과거를 뉘우치고 부처님의 가르침에 귀의할 것을 맹세하였다. 그녀가 진정으로 참회하는 모습을 본 부처님께서는 비로소 그녀의 아들을 돌려주셨다.

죽비소리 | 속담에 '남의 밥에 든 콩이 더 굵어 보인다'는 말이 있다. 사람은 누구나 남의 것에 대한 욕심을 조금씩은 다 갖고 있다는 뜻이다. 그러나 욕심이 분수를 넘어서면 옳고 그름을 판단할 수 있는 분별력을 상실하고 만다. 우리는 남의 것을 탐내기 전에 자신의 것을 사랑하고 키워나감으로써 자신의 삶을 풍요롭게 만들어가는 지혜를 가져야 할 것이다.

남편의 아내들

어떤 마을에 네 명의 아내를 거느린 사람이 있었다.
첫째 부인은 남편이 가장 사랑하는 여자로 앉거나 일어서거나, 일
을 할 때나 쉴 때나, 잠시도 떨어지고 싶지 않은 사랑스런 아내였
다.

둘째 부인은 갖은 고생 끝에 다른 사람과 다투어 힘들여 얻은
여자로 늘 곁에서 재미있는 말을 주고 받지만 첫째 부인만큼 사랑
하지는 않았다.

셋째 부인은 때때로 만나는 사이였고, 넷째 부인은 거의 하녀와
다름없이 생각하는 존재였다. 혹심한 노동을 하며 오직 남편만 생
각하는 아내였지만 마음속에는 넷째 부인의 존재는 없는 것이나
마찬가지였다.

어느 날 남편은 집을 떠나 멀리 외국으로 나가게 되었다.

남편은 떠나기 전에 가장 아끼고 사랑하는 첫째 부인을 불러서 물었다.

"내가 먼 나라로 떠나야 하겠는데 나와 같이 가지 않겠소?"

그러자 첫째 부인이 대답했다.

"저는 당신을 모시고 떠날 수가 없습니다."

"뭐라고? 나는 누구보다도 당신을 사랑했는데, 그리고 무슨 일이든지 당신이 좋다고 하면 다 들어 주었는데 같이 가지 않겠다는 게 무슨 말이오."

"아무리 나를 사랑했다고 하나 당신과 같이 갈 수가 없습니다." 하고 거절했다.

남편은 첫째 부인의 무정함을 원망하면서 둘째 부인에게 같이 떠나기를 부탁했다. 그러나 둘째 부인도 거절했다.

"당신이 제일 사랑하는 첫째 부인도 안 가겠다는데 어찌 제가 갈 수 있겠습니까?"

"나는 당신을 얻기 위해 갖은 고생을 다했고 굶주림과 갈증을 참고 어떤 때는 물이나 불 속에 뛰어들어 가면서도 당신을 찾으려고 애썼는데 나와 함께 가지 않겠다는 것이오."

"그것은 당신이 마음대로 나를 얻은 것이지 내가 원한 것이 아닙니다. 그런데 왜 먼 곳까지 따라 다니며 고생을 해야합니까?"

남편은 둘째 부인에게도 거절을 당하자 셋째 부인을 불러 물었다.

"당신만은 나와 함께 가 주겠지?"

그러자 셋째 부인이 대답했다.

"저는 당신의 은혜를 입었으나 성 밖까지는 배웅해 드릴 수가 있으나 외국까지 동행하기는 싫습니다."

그러자 그는 셋째 부인의 무정함을 탓하며, 다시 넷째 부인에게 마지막 기대를 걸고 물었다.

"나는 이 나라를 떠나서 외국에 가지 않으면 안 되는데 부인께서 나와 함께 갈 수 있겠소?"

넷째 부인은 고개를 끄덕이면서 말했다.

"저는 부모의 슬하를 떠나서 당신을 섬기는 몸입니다. 슬프거나 기쁘거나, 잘 때나 일어날 때나 당신 곁을 떠나지 않고 당신이 가시는 곳이면 어디든지 따라서 모시겠습니다."

그는 늘 사랑했던 세 아내와는 동행을 못하고 마음에도 없던 넷째 부인과 먼 여행을 떠나게 되었다.

여기에서 마음은 살아 있는 세계를 표현한 것이고, 먼 외국은 죽음의 나라를 뜻한다.

남편은 인간의 혼을 의미하고 첫째 부인은 인간의 육신을 둘째 부인은 인간의 재산을 셋째 부인은 부모, 처자, 형제, 친척, 친구, 고용인을 뜻한다.

넷째 부인은 인간의 마음을 나타낸 것으로 이것은 도를 지키며 스스로 마음과 뜻을 바르게 하고 어리석은 생각을 버리고 악을 행하지 않으면 화를 입지 않는다는 교훈이다.

죽비소리 | 부처님의 가르침은 손가락으로 달을 가르키는 것과 같다. 그러나 사람들은 달을 보지 않고 손가락만 보기 때문에 진리를 발견하지 못한다. 우리가 경전이나 책 속에서 진리를 찾는다는 것은 물에 비친 달을 보는 것과 같다. 예를 든다면 아무리 위대한 사상가

로부터 인생에 대한 강의를 듣는다 해도 우리는 그 사상가의 그림자를 듣는 것에 불과한 것과 같다. 그의 삶과 나의 삶이 동일하지 않기 때문이다.

남의 깨달음이나 경험한 것을 듣는다는 것은 단지 지식이 될 뿐이다. 지식은 깨달음이 아니다. 오직 자기 자신의 직접적인 경험만이 깨달음을 얻을 수 있다.

아들의 눈물

따뜻한 봄날, 한 아들이 늙은 어머니를 등에 없고 꽃구경을 갔다. 들길을 지나 산길로 접어들었다. 아들은 산 속으로 말 없이 들어갔다. 등에 업힌 어머니는 힘들텐데 쉬어서 가자 하며 아들이 힘든 것을 못내 걱정했다. 그러나 아들은 아까부터 말이 없었다.

숲길이 깊어지자 어머니는 선뜻 집히는 것이 있었든지, 솔잎을 따서 띄엄띄엄 길에 뿌리면서 갔다. 말이 없던 아들이 걸어가면서 물었다.

"어머님, 어째서 길에 솔잎을 뿌리세요?"

그러자 어머니는 "너 혼자 돌아갈 때 혹 길을 잃어버리지나 않을까 걱정스러워서 그런다." 라고 말씀하셨다.

아들은 어머니를 산 속 깊은 곳에 버리려던 잘못을 눈물로 반성하고 다시 돌아와서 어머님을 극진히 모셨다.

죽비소리 | 이 세상에는 노력만큼 강한 것도 없다. 재능도 노력을 이기지 못한다. 왜냐하면 이 세상에는 재능을 가지고도 성공하지 못하는 사람들이 많기 때문이다. 천재도 노력하는 사람에게는 이길 수가 없다. 토끼가 아무리 빨라도 결국 쉬지 않고 한발한발 나아가는 거북이에게 지고 말았다. 이것이 바로 낙숫물이 떨어져서 돌을 뚫는 이치가 아니고 무엇이겠는가.

수행자의 자만심

한 바라문 수행자가 있었는데, 그는 지혜가 밝고 온갖 경전에 두루 통달하여 무슨 일에나 거리낌이 없었다. 그래서 그는 스스로 뽐내고 자랑하면서 상대를 찾아 다녔지만 감히 맞서는 사람이 없었다.

그는 세상 사람들이 모두 어리석고 어두워 눈을 뜨고도 보지 못한다 하여 대낮에 횃불을 들고 다녔다. 이런 그에게 대꾸하려는 이는 아무도 없었다. 부처님은 그 바라문 수행자가 일찍이 복을 심었기 때문에 제도할 수 있음을 아셨다. 그렇지만 그는 자만심을 가지고 명예를 쫓았으나 목숨이 덧없음을 알지 못했다. 부처님은 현자로 변신하여 한 가게 앞에 서서 그를 불렀다.

"당신은 무엇 때문에 대낮에 횃불을 들고 다니시오?"

바라문이 의기양양하게 대답했다.

"사람들이 우매해서 밝음을 보지 못하고 있소. 그래서 횃불을 들어 그들의 앞을 비추는 것이오."

현자가 다시 물었다.

"경전에 네 가지 밝은 법이 있는데 당신은 그것을 아시오?"

바라문은 얼굴을 붉히면서 물었다.

"무엇을 네 가지 밝은 법이라고 합니까?"

"첫째는 천문지리에 밝아 사계절의 조화를 아는 것이요, 둘째는 하늘의 별에 밝아 오행을 가릴 줄 아는 것이며, 셋째는 나라를 다스리는 일에 밝아 교화하는 것이요, 넷째는 군사 거느리는 일에 밝아 국경을 튼튼히 하여 실수가 없는 것입니다. 당신은 바라문으로서 이 네 가지 밝은 법을 갖추었습니까?"

바라문 수행자는 부끄러워 들었던 횃불을 떨구었다. 현자는 부처님의 모습으로 돌아와 바라문을 위해 다시 게송으로 말씀하셨다.

조금 아는 것이 있다 하여
스스로 뽐내 남을 깔본다면
장님이 촛불을 든 것과 같아
남은 비추지만 자신은 밝히지 못하네.

자신의 허물을 깨달은 바라문은 부처님께 귀의하여 오래지 않아 아라한이 되었다.

죽비소리 | 좋은 곡식을 거두기 위해서는 늘 잡초를 제거해야 하

듯이 인간의 마음도 수행을 하지 않으면 잡초가 자라나 결국은 황폐해지고 만다. 분노나 증오, 시기, 집착, 탐욕 등은 모두 우리의 마음 속에서 자라나는 잡초와 같은 것이다. 그러므로 자신의 행위를 항상 반성하면서 마음의 밭을 갈고 닦지 않는다면 우리는 영영 잡초에 의해 마음의 밝은 지혜를 잃고 말 것이다. 지혜가 없는 사람은 결국 영원히 자신의 불행이나 고통으로부터 벗어날 수가 없는 것이다.

독사가 된 사나이

옛날 바라나 국에 한 황금 숭배자가 있었다. 그는 인생의 목적을 오직 돈을 모으는데만 두고 모든 노력을 기울였다.

남루한 옷을 입고, 먹을 것도 제대로 먹지 않으며, 밤에 잠도 자지 않고 모아서 많은 돈이 생겼다. 그런데 돈이 모이니까 이제는 돈을 어떻게 지켜 도둑맞지 않을까 하는 걱정이 생겼다.

그는 여러 가지로 생각한 끝에 항아리를 하나 사다가 돈을 항아리에 넣어 가지고 땅 속 깊이 묻어 두기로 했다. 부지런히 돈을 모아 항아리가 가득 차자 모든 사람이 다 잠든 깊은 밤중에 마루 밑을 깊이 파고 항아리를 묻었다.

그러나 돈 모으는 데 너무 애를 써서 몸이 몹시 쇠약해졌다. 마침내 병이 들어서 모처럼 애써 모아 놓은 돈을 한푼도 쓰지 못하고 그만 죽어 버렸다. 돈을 몹시 사랑했던 그는 죽어가면서도 돈이 걱정되어 편안히 죽지를 못했다.

　결국 한 마리 독사가 되어 다시 집으로 돌아와 돈 항아리를 지
켰다. 그렇게 몇 번을 거듭하는 동안 수백 년의 세월이 흘렀다.

　몇 번을 독사로 태어난 그는 마침내 자기가 독사의 몸으로 된
것을 미워하기 시작했다.

　"내가 이처럼 독사의 몸으로 태어나는 것은 돈에 애착을 갖고
남에게 빼앗기지 않으려 했기 때문이다. 이 돈에 대한 애착을 버
리지 않는 한, 언제까지나 몹쓸 독사의 몸을 면할 수가 없을 것이
다. 사실 이 돈은 가난하고 굶주린 사람들에게 되돌려주고 나도
독사의 몸을 벗어나서 올바르게 살아야겠다."

　이렇게 큰 용기를 낸 독사는 한 길가 숲 속에 숨어서 사람이 지
나가기를 기다렸다. 하루종일 기다려 멀리서 사람이 보이자 길가
로 나가 그 사람 앞에 나타났다. 지나가던 사람이 놀라며 뒤로 물
러서자 독사가 말했다.

　"놀라게 해서 죄송합니다. 그러나 물지 않겠으니 가까이 오십시
오."

　"너는 독사가 아니냐? 내가 가까이 가면 물려고 그러지?"

　"예, 저는 독사입니다. 당신이 제 말대로 가까이 오시면 좋지만,
만일 제 말을 듣지 않으면 달려들어 물겠습니다."

　독사의 위협에 사나이는 겁이 나서 하는 수 없이 독사 옆으로
가까이 다가갔다. 그러자 독사는 한편 겁을 주며 한편 간청을 했
다.

　"저는 돈 항아리를 갖고 있는데, 이 돈을 세상 사람들에게 보시
를 하려고 합니다. 그래서 당신이 좀 도와주었으면 합니다. 만일
제 간청을 들어주지 않으면 달려들어 물겠습니다."

"그런 일이라면 문제없다. 내가 거들어 주지."

"무리한 청을 해서 죄송합니다. 그럼 저와 함께 가십시다."

독사는 사나이를 돈 항아리가 묻혀 있는 곳으로 데리고 가서 땅을 파라고 했다. 얼마를 파니까 독사의 말대로 돈이 가득 든 항아리가 하나 나왔다. 그러자 다시 독사가 말했다.

"이 항아리의 돈을 많은 스님들께 보시하고 음식을 공양한 후 제 뜻을 전해 주십시오. 그리고 나머지 돈을 보시 받을 날짜를 받아서 그 모임에 저를 참석시켜 주십시오. 이것이 제 소원입니다."

부탁을 받은 사나이는 독사가 부탁하는 대로 항아리를 둘러메고 절로 가서 스님께 드리고, 그 내력을 자세히 말씀드렸다. 스님은 독사의 뜻을 몹시 갸륵하게 여겨 날짜를 정해 주었다.

마침내 약속한 날이 되자 사나이는 독사가 있는 곳으로 갔다. 기다리고 있던 독사는 몹시 기뻐하며 미리 준비한 쟁반 위에 올라가서 자신을 어깨에 메고 스님들께 달려가 달라고 부탁하였다.

사나이의 도움으로 절에 도착하자 이미 많은 스님들이 법회를 준비하고 있었다.

드디어 정한 시간이 되자 모든 스님들이 한 자리에 모인 가운데 큰스님께서 독사를 위해 보시의 공덕에 대한 설법을 해 주셨다. 몇 백 년 동안 부처님의 말씀을 한 번도 들어보지 못한 독사는 부처님의 말씀을 듣고 더욱 신심이 깊어졌다. 그래서 몹시 기뻐하며 더욱 보시의 마음을 일으켜서, 스님들을 돈 항아리가 있는 곳으로 안내하여, 나머지 여섯 항아리의 돈을 모두 스님들께 보시했다.

애써 모은 돈을 모두 스님들께 보시하면서도 아무런 집착도 근심도 없었다. 바라는 것은 오직 가난하고 굶주린 사람들을 위하여 부처님의 은덕이 베풀어질 수 있도록 해 달라고 기원을 하는 것

뿐이었다. 그 후 마침내 독사는 그 몸을 벗어나서 제석천이 사는 천상세계인 도리천에 태어나서 큰복을 얻게 되었다.

죽비 소리 | 남의 성공을 조급한 마음으로 따라가려 해서는 안 된다. 꾸준히 노력하는 사람 앞에는 항상 기회의 문이 열려 있게 마련이다. 자신의 능력과 재능을 얼마만큼 활용하고 또 노력하는가에 따라 자신의 몫이 주어진다는 것이다.

3
인연의 연못

어리석은 부부

서로 고집들이 센 부부가 있었다. 하루는 시장에서 남편
이 떡 세 개를 사왔다. 떡을 워낙 좋아한 부부라 떡 한 개씩을 사
이좋게 먹고 나서 나머지 한 개를 서로 더 먹겠다고 입씨름을 벌
였다.

둘의 고집이 워낙 세서 할 수 없이 그들은 내기를 했다.

즉 끝까지 말을 하지 않는 사람이 떡을 먹기로 했던 것이다. 떡
한 개 때문에 종일 입을 열지 않았다.

이윽고 밤이 되자 그 집에 도둑이 들었다. 도둑은 방안으로 들
어와 물건을 훔치기 시작했다. 하지만 부부는 서로 입을 봉한 채
도둑의 거동만 빤히 쳐다보고만 있었다.

도둑은 그들 부부를 이상하게 여기면서도 더욱 용기를 얻어 그
부인을 범하려고 하였다. 그래도 남편은 말이 없자 참다 못한 아

내가 "도둑이야!" 하고 고함을 치며 남편에게 대들었다.

"이 미련한 사내야! 그래 떡 한 개 때문에 자기 아내를 범하려는 것을 보고도 가만히 있단 말이요?"

그러자 남편은 얼른,

"떡은 내거야!"

하고 비로소 입을 열었다. 사람들은 이 말을 듣고 모두 비웃었다.

범부들도 그와 같다. 조그만 명성이나 이익을 위해 큰 손해를 보면서도 잠자코 있다. 온갖 번뇌와 악한 도둑의 침범으로 좋은 법을 잃고 악도에 떨어진다 해도, 그것을 두려워하기는커녕 출세의 길만 구한다. 그리고 오욕락에 빠져 큰 고통을 당하더라도 재난이라 생각하지 않는다. 그것은 저 어리석은 부부와 다름이 없다.

죽비소리 | 신분이 어떠한 위치에 있건 오만한 태도는 여러 사람으로부터 지탄의 대상이 된다. 우리가 다른 사람에게 줄 수 있는 가장 큰 선물은 사랑과 이해와 슬픔을 함께 나눌 수 있는 따뜻한 마음뿐이다. 부처님은 항상 겸손하게 남의 말을 받아들여야 한다고 하셨다. 설사 내가 성공했다 하더라도 오만하지 말고 남의 마음을 내 마음으로, 내 마음을 남의 마음으로 삼아야 깨달음의 길로 나아갈 수 있다.

그릇된 소견

부처님이 기원정사에 계실 때의 일이다. 독수리 잡기를 좋아하는 아리타 비구는 나쁜 소견을 가지고 있었다.

그는 부처님이 언젠가 말씀한 '장애(障碍)'라는 법도 그걸 직접 실행해 보니 그렇게 장애가 되지 않더라고 말했다. 다른 비구들은 그릇된 그의 소견을 고쳐 주려고 토론도 하고 타이르기도 해보았지만 아무 소용이 없었다. 이 말을 전해들은 부처님은 아리타를 불러 꾸짖으신 후 비구들에게 말씀하셨다.

"어떤 땅꾼이 큰 뱀을 보고 그 몸뚱이나 꼬리를 붙잡았다고 하자. 그때 뱀은 몸을 뒤틀어 붙잡은 손을 물 것이다. 그 때문에 그는 죽거나 죽을 만큼의 고통을 받을 것이다. 그것은 뱀 잡는 방법이 틀렸기 때문이다. 이와 같이 어리석은 사람은 여래의 교법을 배우면서도 가르침의 뜻을 잘 생각하지 않기 때문에 그 진리를 분명하게 알지 못한다. 그런 사람은 토론할 때 말의 권위를 세우려고 곧잘 여래의 교법을 인용하지만 그 뜻을 몰라 난처하게 된다.

그러나 지혜로운 사람은 여래의 가르침을 들으면 그 뜻을 깊이 생각하여 진리를 바르게 알아 항상 기쁨에 충만해 있다. 이를테면 어떤 땅꾼은 큰 뱀을 보면 곧 막대기로 뱀의 머리를 꼭 누른다. 그때 뱀은 자기를 누르는 손이나 팔을 감는다 할지라도 그 사람은 그 때문에 물려 죽거나 죽을 만큼의 고통을 받지는 않을 것이다. 왜냐하면 그는 뱀 잡는 방법을 잘 알고 있기 때문이다.

비구들이여, 나는 또 너희들에게 집착을 버리도록 하기 위하여 뗏목의 비유를 들겠다. 어떤 나그네가 긴 여행 끝에 바닷가에 이르렀다. 그는 생각하기를 '바다 건너 저쪽은 평화로운 땅이다. 그러나 배가 없으니 어떻게 갈까? 갈대나 나무로 뗏목을 엮어 건너가야겠군.' 하고 뗏목을 만들어 무사히 바다를 건너갔다. 그는 다시 생각하였다. '이 뗏목이 아니었다면 바다를 건너 올 수 없었을 것이다. 이 뗏목은 내게 큰 은혜가 있으니 메고 가야겠다.'

너희들은 어떻게 생각하느냐, 그가 그렇게 함으로써 그 뗏목에 대해 자기 할 일을 다했다고 생각하느냐?"

비구들은 하나같이 그렇지 않다고 대답했다. 부처님은 다시 말씀하셨다.

"그러면 그가 어떻게 해야 자기 할 일을 다하게 되겠는가. 그는 바다를 건너고 나서 이렇게 생각해야 할 것이다. '이 뗏목으로 인해 나는 바다를 무사히 건너왔다. 다른 사람들도 이 뗏목을 이용할 수 있도록 물에 띄워 놓고 이제 나는 내 갈 길을 가자.' 이와 같이 하는 것이 그 뗏목에 대해서 할 일을 다하게 되는 것이다.

나는 이 뗏목의 비유로써, 교법을 배워 그 뜻을 안 후에는 버려야 할 것이지 결코 거기에 집착할 것이 아니라는 것을 말하였다. 너희들은 이 뗏목처럼 내가 말한 교법까지도 버리지 않으면 안 된다. 하물며 법 아닌 것이야 말할 것이 있겠느냐."

죽비소리 | 현대는 존경받는 사람도 존경할 사람도 없는 것이 또 하나의 특징이라는 자조 섞인 말들을 자주 한다. 이것이 바로 지식인은 많으나 덕을 갖춘 사람이 없다는 반증이 아닐까.

자비를 베푼 왕

옛날 자비심이 지극한 왕이 있었다. 그는 항상 백성 대하기를 어머니가 자식을 사랑하듯 했으며 정진력 또한 굳세었다. 그래서 언젠가는 기어코 부처님이 되리라는 큰 서원을 세우고 있었다.

어느 날 비둘기 한 마리가 비명을 지르면서 황급히 그의 품속에 날아들어 온몸을 바들바들 떨었다. 그때에 뒤쫓던 매가 나뭇가지에 앉아 왕에게 말했다.

"그 비둘기를 내게 돌려주십시오. 내 저녁거리입니다."

"돌려줄 수 없다. 나는 부처가 되려고 서원을 세울 때 모든 중생을 다 구호하겠다고 결심하였다."

"모든 중생 속에 나는 들어가지 않습니까? 나에게는 자비를 베풀지 않고, 더구나 내 먹이를 빼앗겠단 말입니까?"

"비둘기는 돌려줄 수 없다. 너는 어떤 것을 먹고 싶어하느냐?"

"갓 죽인 날고기가 먹고 싶습니다."

왕은 속으로 생각했다.

'날고기라면 산 목숨을 죽이지 않고는 얻을 수 없다, 그렇다고 하나를 구하기 위해 다른 목숨을 죽게 할 수는 없지 않은가. 내 몸은 더러운 것, 오래지 않아 죽고 말 것이니 차라리 이 몸을 주자.'

왕은 선뜻 자기 다리의 살을 베어 매에게 주었다. 그런데 매는 비둘기와 똑같은 무게의 살덩이를 요구하였다.

왕은 저울을 가져다 베어낸 살덩이와 비둘기를 달아보았다, 비둘기가 훨씬 무거웠다. 왕은 한쪽 다리의 살을 더 베어, 두 덩이를 합쳐 달게 하였다. 그러나 그것도 가벼웠다. 그리하여 두 발꿈치, 두 엉덩이, 가슴의 살을 베어 달았으나 이상하게도 베어낸 살이 비둘기의 무게보다 가볍기만 하였다.

마침내 왕은 자기의 온몸을 저울 위에 올려놓으려고 하다가 힘이 다하여 쓰러지고 말았다.

그러나 왕은 매를 원망하거나 자기가 한 일에 후회하는 빛이 조금도 없이 오히려 중생의 고통을 생각했다.

'모든 중생은 다 고해(苦海)에 빠져 있다. 나는 그들을 건져내야 한다. 이 고통도 중생들이 받는 지옥의 고통에 비하면 그 십육분의 일에도 미치지 못할 것이다.'

왕은 다시 저울로 올라가려 하였으나 또 쓰러지고 말았다. 그때 왕은 다시 맹세하여 말했다.

"나는 살을 베고 피를 흘려도 괴로워하거나 뉘우치지 않고 일심으로 불도를 구하였다, 내 말이 진실이라면 내 몸은 본래대로 회복되리라."

이렇게 말했을 때 왕의 몸은 본래대로 회복되었다.

죽비소리 | 사람은 어떠한 형태든 제 나름대로 고민과 고통을 안고 있다. 그러한 고민과 고통을 제 스스로 해결할 수 있는 것도 있고 시간이 가면 자연히 해소될 것도 있지만, 저 혼자 힘으로는 도저히 해결할 수 없는 문제들도 허다하다. 그럴 경우 그 문제들로부터 벗어나 좌절을 극복하기 위해서는 비슷한 문제를 경험하고 극복했던 사람을 찾아가 대화를 나누는 것도 좋은 방법이 될 것이다. 대화란 자신이 짊어진 짐을 그 사람과 함께 나눈다는 의미에서 짐을 가볍게 만들 수도 있고 해결의 실마리를 가져다줄 수도 있기 때문이다.

어리석은 행동

옛날 브라흐마닷다왕이 바라나시에서 나라를 다스리던 때의 일이다. 보살이 히말라야에 살고 있는 물새의 몸에 잉태하여 물새로 태어났다. 베라나카라고 부르는 이 물새는 어느 호숫가에서 조용히 살고 있었다.

한때 가뭄이 심한 끝에 기근이 들어서 먹고 살 음식이 없었다. 까마귀들은 먹을 것이 없자 흉년이 든 나라를 떠나 먹이를 찾아서 물새가 사는 숲 속으로 왔다.

그때 바라나시에서 살았던 까마귀 한 마리도 베라나카가 살고 있는 숲 속 호숫가로 와서 날개를 접고 쉬고 있었다.

베라나카가 호수로 내려와서 물고기를 잡아먹고는 다시 호숫가로 나와서 젖은 날개를 말리고 있었다.

그 광경을 본 까마귀는

'옳지, 저 물새에게 부탁하여 나도 많은 물고기를 얻어봐야지'
하고 생각하고는 물새에게로 다가갔다.

　"초면입니다만, 부탁이 있습니다."

　"무슨 부탁이요?"

　"그 물고기를 나에게도 좀 줄 수 없습니까?"

　"그야, 어렵지 않아요. 그럼 거기서 기다려요."

　물새는 호수에 들어가서 고기를 잡아 자기가 필요한 만큼을 먼
저 먹고 나머지 생선을 까마귀에게 주었다. 까마귀도 자기가 먹고
남은 것을 다른 까마귀에게 주었다. 그렇게 하다가 어느 날 까마
귀는

　'나하고 저 물새하고 다를 게 없어. 저 새도 검은 옷을 입었고
나도 역시 마찬가지다. 눈도 똑같고 부리도 있고 두 다리도 있고,
저 새와 나는 서로 똑같다. 지금부터는 저 새에게 의지하지 말고
내 먹을 것은 내가 직접 물 속에 들어가서 잡아오자.'

　그리고는 물새에게 다가가서

　"지금부터는 내 스스로 호수에 들어가 고기를 잡아 먹을 꺼야."

　"그건 안 되는 이야기야. 너는 물 속에 들어가서 물고기를 잡는
물새가 아냐. 너는 까마귀야. 물에 들어가면 넌 죽고 말꺼야."
하며 물새가 어림없다고 말했으나 까마귀는 들은 체도 안하고 호
수로 내려가서 물 속으로 들어갔다. 물 속에 뛰어든 까마귀는 물
새가 하던 것처럼 해보려고 노력했으나 물풀들에 얽혀서 도저히
떠오를 수가 없었다.

　결국 분수를 모르고 행동한 어리석은 까마귀는 물풀에 얽힌 채
죽고 말았다. 이 소식을 들은 까마귀의 부인은 어리석은 남편의
행동을 슬퍼하면서 멀리 떠나갔다.

죽비 소리 | 모든 사물이나 일에는 그 이면을 흐르는 진리가 있다. 그 진리를 파악하는 사람만이 인생의 성취자가 되는 것이다.

수행자와 사냥꾼

옛날 마천라라는 나라에 난이라는 왕이 있었는데 학문이 깊어서 아무리 어려운 것이라도 못하는 것이 없었다.

세상이 항상하지 않음을 이미 깨달은 왕은 깊이 생각했다.

'내 이 몸뚱이도 마땅히 썩어 흙이 될 것인데 어찌 나라를 가히 보전하랴.'

그리고는 영화와 환락을 버리고 사문의 옷을 입고 한 바릿대의 밥으로 만족하면서 산 속으로 들어가 살았다.

어느 날 사냥꾼이 사슴을 쫓다가 구덩이 속으로 떨어졌다. 또 까마귀와 뱀이 역시 놀라서 함께 떨어졌는데 모두 몸을 다쳤으며 몹시 지쳐 있었다. 그들이 모두 하늘을 우러러 슬피 울부짖으니 그 소리가 아주 애절하였다. 그들을 본 수행자는 이를 가엾이 여기고 구덩이를 향하여 말했다.

"너희들은 걱정하지 말라. 내가 너희들의 어려움을 구해주리라."

그리고 긴 밧줄을 만들어 내려보내자 모두 올라와서 목숨을 보전하게 되었다. 그들은 모두 고마워하며 말했다.

"저희들이 수행자의 인자하신 은혜로 죽음으로부터 벗어날 수 있었습니다. 원컨대 이 몸이 다하도록 중한 은혜의 만분의 일이라도 보답하겠습니다."

그러자 수행자가 말했다.

"나는 옛날에 국왕이었다. 나라도 크고 백성도 많았으며 나라의 모든 것을 원하면 곧 가질 수 있었다. 그러나 나는 나라를 원망의 소굴로 알고 빛·소리·향·맛·화려한 옷·삿된 생각을 여섯 개의 칼이나 화살로 알고, 그것이 내 몸을 자르고 내 몸을 쏘는 것으로 생각했다.

중생은 이 여섯 가지 삿됨으로 말미암아 윤회하는 고통을 받는데 그 혹독한 고통은 참기 어렵고 견디기 힘이든다. 나는 이를 싫어하여 나라를 버리고 사문이 되어서, 깨달음을 얻어 중생들을 교화하여 근본으로 돌아가게 하기를 원하는 것이니 어찌 너희들 셋뿐이랴. 각자 집으로 돌아가서 너희들 친척을 만나보고 삼보에 귀의하게 하여 불법에 어김이 없도록 하여라."

사냥꾼이 말했다.

"세상에서 여러 해 동안 선비들이 덕을 쌓고 선을 행하는 것을 보았으나 불제자로서 자기를 제어하고 중생을 건지면서 숨어서 그 이름을 나타내지 않는 분은 없었습니다. 만일 수행자께서 틈이 있으시면 원컨대 저의 집에 오셔서 작은 공양이나마 받으십시오."

옆에서 듣고 있던 까마귀가 말했다.

"제 이름은 발입니다. 수행자께서 어려움이 있으시면 제 이름을 불러 주십시오. 마땅히 달려오겠습니다."

그러자 뱀이 말했다.

"제 이름은 장입니다. 만일 수행자께서 어려움이 있으시면 제 이름을 불러 주십시오. 꼭 와서 은혜를 갚겠습니다."

이렇게 말하고 각자 물러갔다.

어느 날 수행자는 사냥꾼의 집으로 향했다. 그가 오는 것을 멀리서 본 사냥꾼이 그의 아내에게 말했다.

"저기 상서롭지 못한 사람이 오는데, 내가 당신에게 공양을 준비하라고 하거든 하는 시늉만 하시오. 저 사람은 수행자라 한낮이 지나면 먹지 않으니 그때까지만 꾸물거리면 그는 돌아갈 것이오."

아내가 수행자를 보더니 거짓 반색을 하면서 식사를 차리겠다고 하고는 한낮을 넘겼다.

수행자가 나와 산으로 돌아와서 까마귀를 보고 '발아' 하고 불러 보았다.

까마귀가 물었다.

"어디 갔다 오십니까?"

"사냥꾼의 집에 갔다 온다."

"식사를 하셨습니까?"

"음식이 준비되었으나 한낮이 지나서 먹을 때가 아니므로 그냥 돌아왔다."

"흉물스런 귀신은 인자하게 제도하기 어렵습니다. 어짐을 어기고 은혜를 등짐은 흉악한 도적입니다. 저는 음식이 없어 공양할 수 없으니 잠시 앉아 계십시오. 제가 곧 돌아오겠습니다."

그리고는 반차국으로 날아가서 왕의 후궁으로 들어갔다.

까마귀가 살펴보니 왕비가 누웠는데 목걸이 속에 진주가 있었다. 까마귀는 그것을 입에 물고 돌아와 수행자에게 주었다. 왕비가 잠에서 깨어나 진주를 찾다가 잃어버린 것을 알고는 곧 왕에게 알렸다. 왕이 백성에게 칙명을 내렸다.

"왕비의 진주를 찾아 바치는 자에게는 상으로 금 은은 물론이고 소와 말을 각각 천 마리씩 주겠다. 가지고 있으면서도 바치지 않은 자는 죄를 중히 하여 삼 족을 멸하리라."

수행자는 이 칙명을 보고 진주를 사냥꾼에게 주었다. 그러자 사냥꾼은 수행자를 묶어 가지고 왕에게 데려갔다.

왕이 물었다

"네가 어떻게 이 보배를 얻었느냐?"

수행자가 생각하기를

'사실대로 말하며 온 나라의 까마귀가 모두 죽게 될 것이고, 훔쳤다고 말하면 이건 불제자의 도리가 아니다.'

결국 아무 말도 하지 않자 몽둥이 등으로 고문을 당했다.

그러나 수행자는 왕은 물론이고 사냥꾼도 원망하지 않았다. 그리고 넓은 자비심으로 맹세하였다.

'나로 하여금 부처가 되게 하소서. 중생들의 모든 고통을 건지겠나이다.'

왕이 명령하였다.

"이 놈을 끌어다가 생매장을 하되 그 머리만 나오게 하여라. 내일 죽이리라."

수행자가 뱀을 불렀다.

"장아, 장아"

뱀은 소리나는 곳으로 가서 수행자가 묻힌 것을 보고는 놀라서 물었다.

"어찌하여 이 지경에 이르렀습니까?"

수행자가 이유를 말하니 뱀은 눈물을 흘리며 말했다.

"수행자의 어짐이 천지와 같은데도 오히려 화를 만나거늘 하물 며 사냥꾼같이 무도한 자를 장차 누가 돕겠습니까. 걱정하지 마십 시오. 내가 궁에 들어가서 태자를 물어 죽일 것이오니 왕에게 나 의 신약을 전하십시오. 그러면 곧 나을 것입니다."

뱀이 밤에 궁에 들어가서 태자를 물어 죽였다. 왕은 삼 일 동안 시체를 놓아두고 다음과 같이 영을 내렸다.

"능히 태자를 살리는 자가 있으면 나라를 나눠주리라."

하지만 아무도 왕자를 살려내지 못하자 결국 시체를 싣고 산으 로 가서 화장을 하게 되었는데 수행자의 앞을 지나가게 되었다.

수행자가 말했다.

"태자가 무슨 병으로 돌아 가셨습니까. 아직 장사 지내지 마십 시오. 내가 능히 살리오리다."

시종이 그 말을 듣고 달려가서 왕에게 알리니 기뻐하며 말했다.

"내가 너를 용서하고 나라를 나눠서 왕을 삼으리라."

수행자가 약을 태자에게 먹이자 태자가 홀연히 일어나 언제 그 랬냐는 듯이 뛰어 노니 왕을 비롯한 대신들이 모두 기뻐하였다.

왕이 수행자에게 나라를 나누어 줄려고 하였지만 받지 않았다. 왕은 스스로 생각하기를 '나라를 나누어 주어도 받지 않는데 어찌 도적질을 했겠는가' 하고 수행자에게 물었다.

"그대는 어느 나라 사람인가. 그리고 어찌하여 사문이 되었으 며, 어떻게 하여 진주를 얻었는가. 행실이 그렇게 고고한데 이러 한 모함을 당하였으니 어떻게 된 까닭인가."

수행자가 소상히 진술하니 왕이 감격하여 눈물을 흘렸다.

그리고 왕이 사냥꾼에게 말했다.

"너는 나라에 공훈이 있으니 구족을 다 불러 오라. 내가 큰 상을 주고자 하노라."

사냥꾼의 친척이 왕 앞에 모이니 왕이 말했다.

"어질지 않고 은혜를 등지는 것은 악의 으뜸이니라."

왕은 사냥꾼의 친척을 모두 처형해 버렸다.

수행자는 산으로 올라가서 정진을 게을리 하지 않다가 목숨을 마치고 천상에 태어났다.

부처님께서 모든 비구들에게 말씀하셨다.

"그때 수행자는 나였고, 까마귀는 사리불이었고, 뱀은 아난이며, 사냥꾼은 데바닷타였다. 보살이 큰 어질음으로 바라밀의 인욕을 행함이 이러하니라."

죽비소리 | 한 가정의 살림이 정돈되고 깨끗하여 빛이 나려면 육신이 부지런해야 하듯이, 괴로움의 화살로 가득한 현실의 세계를 행복의 빛으로 빛내기 위해서는 마음의 거울에 낀 때를 부지런히 닦아 밝은 지혜를 되찾아야 하는 것이다. 그것이 바로 불교에서 이야기하는 수행이라 하겠다.

앵무새의 우정

히말라야 어느 골짜기에 아름다운 큰 숲이 있었는데 그 숲에는 앵무새를 비롯한 많은 새와 짐승들이 살고 있었다. 앵무새는 새와 짐승 등 숲 속의 모든 생물들을 벗으로 삼고 사이좋게 지내고 있었다.

그런데 어느 날 그 숲에 큰 불이 일어났다. 너무나 거세게 타오르고 있어서 불을 끌 엄두도 내지 못할 정도였다. 숲 속의 새와 짐승들은 그 불에 타서 죽거나 또 연기에 질식해서 마구 쓰러졌다. 이를 본 앵무새가 생각했다.

'아! 이럴 수가 있을까? 저 착한 친구들이 목숨을 잃다니……. 어떻게 도울 방법이 없을까?'

앵무새는 초조하게 주위를 둘러보았다. 숲 옆에는 개울이 흐르고 있었다.

'저기 물이 있구나. 하지만 저 거센 불을 어떻게 내가 끌수 있담!'

발을 동동 굴러보았지만, 아무도 앵무새와 함께 물을 날라줄 친구는 없었다.

'할 수 없어! 내가 몸과 날개에 물을 적셔서 숲에 뿌리는 수밖에 없어!'

앵무새는 잽싸게 개울로 날아가 온몸에 물을 적셨다. 그리고는 숲으로 다시 날아가 그 물을 뿌렸다.

이러기를 한 번, 두 번……. 앵무새는 온 힘을 다해 몸에 물을 적셔서 숲으로 날아갔다. 점점 시간이 지날수록 힘이 빠지기 시작하고 날개가 아파왔다. 또한 연기를 들이마셔서 숨을 쉬기가 어려워졌다. 하지만 친구들이 그 숲 속에서 타 죽어가는 모습을 떠올리자 다시 힘을 내었다.

'무슨 일이 있어도 친구들을 구해내야 해. 힘들고 괴로워도 저 숲 속에서 고통을 당하고 있는 친구들만 구해낼 수 있다면…….'

앵무새는 마침내 힘이 다 빠져서 쓰러져 버렸다. 그래도 숲의 불은 조금도 줄어들지 않았다. 이때 하늘의 제석천이 쓰러진 앵무새에게 다가왔다.

"앵무새야, 너의 그 작은 몸으로 물방울을 튀긴다고 해서 저 불이 꺼질 것 같으냐?"

"제석천님! 제 목숨이 다하도록 저 불을 끄지 못한다면 죽어서라도 다시 태어나 저 불을 끄고야 말겠습니다."

앵무새는 간신히 대답하고는 사력을 다해 다시 개울로 날아가려고 하였다. 이 모습을 본 제석천은 앵무새의 고운 마음씨와 강한 인내력에 감동을 받아 마음이 크게 움직였다.

그러자 잠시 후 천둥이 치면서 비가 내리기 시작했다. 비가 차츰 거세게 내리자 순식간에 숲의 불은 꺼지고 말았다. 앵무새의 고운 마음이 하늘을 움직여 많은 숲 속 동물들은 살아날 수가 있었던 것이다.

죽비소리 | 보살은 무엇에 집착해 보시해서는 안 된다. 즉 형체에 집착함이 없이 보시해야 하며, 소리나 냄새나 맛이나 감촉이나 생각의 대상에 집착함이 없이 보시해야 한다. 이와 같이 보시하되 보시했다는 생각의 자취마저 없어야 한다.

옷 한 벌 보시한 공덕

부처님이 기원정사에 계실 때의 일이다.

당시 사위국에는 한 장자가 있었는데 그 부인이 딸을 낳았다. 그녀는 처음 태어날 때부터 몸에 흰 옷을 감고 있었다. 부모는 이 상하게 여겨 관상가를 불러 상을 보게 하였다.

관상가는 이렇게 말했다.

"참으로 길한 일입니다. 큰 복덕이 있습니다."

관상가는 그녀에게 '숙리'라는 이름을 지어 주었다.

숙리는 점점 커갈수록 용모가 아름다울 뿐만 아니라 마음씨 또한 고와서 동네에서는 효녀라는 소문이 자자했다. 이곳 저곳에서 중매가 들어왔다.

부모는 딸이 이제 다 자랐으니 시집을 보내야겠다고 생각하고 공인을 불러 팔찌를 만들었다.

그러한 모습을 지켜보던 숙리가 물었다.

"아버지, 지금 저 금과 은으로 두들겨 만드는 것은 무엇에 쓰려고 하시는 겁니까?"

"숙리야, 너도 이제는 그만큼 자랐으니 시집을 가야지 않겠니. 그래서 팔찌를 만드는 거란다."

"아버지, 저는 시집은 가지 않을래요."

"아니, 그게 무슨 소리냐?"

"저는 제 갈 길이 따로 있습니다."

"처녀가 시집가는 것 말고 또 무슨 갈 길이 있다는 거냐."

"저는 출가해서 도를 닦으렵니다. 그러므로 시집은 가지 않으렵니다."

"좋을 대로 하려무나."

부모는 딸을 사랑하는 마음으로 그의 뜻을 꺾지 않고 곧 천을 꺼내어 다섯 가지 법복을 지으려고 하였다.

숙리가 또 물었다.

"무엇을 만들려는 거죠?"

"네 법복을 만든다."

"제가 입은 이 옷으로도 넉넉합니다."

숙리는 부모를 작별하고 부처님께 나아가 땅에 엎드려 예배하고 제자되기를 청하였다.

부처님께서 잘 왔다고 하시자 머리칼은 저절로 떨어지고 입고 있던 흰 옷은 이내 다섯 가지 법복으로 변했다. 그래서 대애도에게 맡겨 비구니가 되게 했다. 그녀는 정진한 지 얼마 안되어 곧 대도를 성취했다.

어느 날 아난 존자가 부처님께 여쭈었다.

"숙리 비구니는 본래 어떠한 선업을 지어 장자 집에 태어나고, 날 때부터 흰 옷을 입었으며, 출가한 지 얼마 안 돼 도를 깨달았습니까?"

"잘 물었다. 너를 위해 설명해 주마."

아득한 옛날 비바시 부처님이 세상에 출현하여 제자들과 함께 모든 인류를 교화할 때, 국왕을 비롯한 모든 국민들은 불교를 믿고 많은 공양을 베풀며 5년마다 한 번씩 개최되는 보시대회를 열었다.

그때 어떤 스님이 부처님의 법문을 듣고, 권선을 하고 보시를 행했다.

이때 한 마을에 다니가라는 여인이 있었다. 그녀는 너무 가난하여 옷 한 벌을 가지고 부부 두 사람이 번갈아 입고 지냈다.

남편이 밖에 나갈 때면 아내는 알몸으로 풀자리에 앉아 있고, 아내가 밖에 나갈 때는 남편이 옷을 벗은 채로 풀자리에 앉아 있었다.

권선하는 스님은 차례로 다니다가 그 여인의 집에 이르렀다.

"부처님이 세상에 출현하심을 만나기도 어렵지만, 법문을 듣는 것도 사람으로 태어나기도 어렵습니다. 부인은 법을 듣고 보시를 하십시오."

"그렇군요, 스님. 잠깐만 기다려 주십시오."

그녀는 집안으로 들어가 남편에게 말했다.

"밖에 어떤 스님이 오셔서 우리에게 부처님의 법문을 듣고 보시하기를 원하고 있습니다. 우리는 전생에 보시하지를 않았기 때문에 이처럼 가난하게 되었습니다. 지금이라도 우리는 다음 세상의 복전을 장만해야 하지 않겠습니까?"

"여보, 우린 이처럼 가난한데 설령 마음이 있은들 무엇으로 보시하겠소."

"전생에 보시하지 않았기 때문에 우리는 이처럼 가난합니다. 만일 금생에도 보시하지 않는다면 후생에 우린 어디로 가겠습니까. 당신만 허락하시면 됩니다."

남편은 혹시 아내가 모아둔 재산이 있을지도 모른다고 생각하고 허락하였다.

"좋소, 당신의 뜻대로 합시다."

그러자 아내가 말했다.

"이 옷을 보시하겠습니다."

"우리는 이 옷 한 벌로 드나들면서 구걸해 사는 처지인데 이것마저 보시하면 우리는 죽는 길밖에 더 있겠소."

"사람은 다 죽습니다. 지금 보시하지 않더라도 결국은 죽게 됩니다. 지금 보시하지 않으면 후생에는 반드시 고통이 있을 겁니다."

아내는 밖에 나가 스님에게 말했다.

"스님은 담 밖에서 기다리십시오. 물건을 가져다 드리겠습니다."

"보시하려면 면전에서 하시죠. 축원해 드리겠습니다."

"제게 있는 것이라고는 이 옷 한 벌 뿐입니다. 다른 것은 없습니다. 여자 몸은 더럽습니다. 어떻게 스님 앞에서 벗을 수 있겠습니까?"

그녀는 안에 들어가 옷을 벗어 담 밖으로 던졌다. 스님은 옷을 받고 축원한 뒤 부처님의 처소로 돌아 왔다.

부처님은 말씀하셨다.

"그 옷을 이리 가져오너라."

스님은 옷을 드렸다. 땟국이 흐르는 옷이었다. 그러자 대중은 술렁이기 시작했다. 부처님께서 때묻은 옷을 받으셨기 때문이다.

부처님은 그들의 마음을 아시고 말씀하셨다.

"내가 보건대 이 모임의 어떤 청정한 보시보다도 이 옷의 보시가 가장 수승하구나."

대중들은 이 말씀을 듣고 놀라워하였다.

비바시 부처님은 그리고 대중을 위해 미묘한 법을 설하시니 많은 대중은 크게 감격하여 부처님께 귀의하였다.

부처님은 이어 말씀하셨다.

"아난아! 그때 그 가난한 여인이 바로 지금의 숙리 비구니이니라. 그녀는 그때에 청정한 마음으로 옷을 보시하였기에 입는 옷은 전혀 궁색함이 없고 지금 나를 만나 대도를 얻은 것이다."

죽비소리 | 물질이건 정신이건 승패라는 개념에 매이다보면 항상 고통이 따르게 된다. 영원히 자기만이 승자가 될 수는 없기 때문이다. 그러므로 차라리 승패라는 개념을 떠나서 제 모습 그대로 열심히 살아가는 사람이 평화로운 마음을 지닐 수 있고 그 결과에도 만족하게 될 것이다.

어머니의 슬픔

부처님께서 제타숲 기원정사에 계실 때의 일이다.

어떤 과부가 외동아들을 잃어 버렸다. 그 충격에 걱정하고 번민하여 마치 미친 사람처럼 되었다. 과부는 마을 밖 제타숲에 갔다가 사람들에게서

"부처님은 큰 성인으로 법을 설하여 걱정과 근심을 없애주고 모든 것을 밝게 보고 모든 것을 통달했다."

는 말을 듣고 그녀는 부처님께 나아갔다.

"저는 오직 아들 하나를 두었는데 갑자기 중병이 들어 죽었습니다. 모자의 정이 깊어 어쩔 수 없으니 제발 저의 아들을 살려주십시오."

부처님께서 말씀하셨다.

"자식을 살리고 싶으면 지금부터 거리로 나가서 사람이 죽지 않

은 집에서 불을 얻어 오라."

과부는 이 말을 듣고 기뻐 날뛰며 성안으로 들어가 집집마다 다니며 외쳤다.

"사람이 죽지 않은 집은 없습니까? 나는 불을 얻어 내 아들을 살리고 싶습니다."

사람들은 말했다.

"당신은 완전히 미쳤구만, 사람이 죽는 것은 당연한데 죽은 사람이 없는 집이라니, 썩 나가시오."

가는 집집마다 과부에게 사람이 죽은 일이 있다고 하였다. 과부는 불을 얻지 못하고 몸과 마음이 피로한 채 부처님께 돌아와 땅에 엎드려 발 아래 예배하고 말했다.

"성안으로 들어가 많은 집을 돌아다니면서 불을 구했사오나 모두 죽은 사람이 있다고 해서 그냥 돌아 왔습니다."

부처님은 과부에게 말씀하셨다.

"사람이 이 세상에 살면서 네 가지 일은 면할 수 없는 것이니 이른바 넷이란 첫째는 항상하는 것은 없다는 것이요, 둘째 부귀도 반드시 빈천해지는 것이요, 셋째 모이면 반드시 흩어지는 것이요, 넷째 건강한 이도 반드시 죽는다는 것이다. 죽음으로 향하고 죽음에 끄달려 결코 그 재화는 면하지 못하는 것이니라."

죽비 소리 | 세상을 변화시키는 것은 생각의 힘이다. 생각이 살아 있을 때 그 특유의 힘을 발휘할 수 있다. 그리고 살아 있는 생각은 끊임없이 변화하는 속성을 가지고 있다. 그러나 하루하루 생각의 벽

을 높이 쌓고 그 안에 안주하려고만 한다면 세상은 더욱 단단한 벽처럼 느껴질 것이다. 생각을 바꾸면 세상이 바뀌고, 세상이 바뀌면 인생은 즐거울 것이다.

당신의 공덕

옛날 브라흐마닷다왕이 바라나시에서 나라를 다스리고 있을 때의 일이다.

어느 도금쟁이 집에 아들이 태어났는데 그 아이는 아버지로부터 도금술을 배웠고 어른이 되어서는 그 직업을 계승하여 도금쟁이가 되었다.

주위 사람들은 그를 작은 도금쟁이라고 불렀다. 작은 도금쟁이는 대단한 지혜를 타고나서 무슨 일이든지 척척 잘 해냈다.

어느 날, 작은 도금쟁이는 죽은 쥐 한 마리가 마당에 던져져 있는 것을 보고,

"누가 저 쥐를 치우면 복을 받을텐데……."

하고 혼자서 중얼거렸다. 그 소리를 들은 한 젊은이가 마당으로 나가서 죽어있는 쥐를 들고 술집을 경영하는 주인을 찾아갔다.

"이 쥐를 당신네 고양이에게 주시오. 그리고 쥐 값을 조금만 주시오."

그리고는 돈을 조금 받아 가지고 나왔다. 다시 젊은이는 죽은 쥐를 판 돈으로 꿀을 샀다.

꿀을 가지고 숲 속으로 들어가서 꽃을 기르는 꽃집에 찾아가 주인에게 꿀물을 타서 주었더니, 꽃집 주인은 꿀물을 마시고 대단히 기뻐하며 그에게 꽃을 주었다. 꽃을 받은 그는 마을로 돌아와 그 꽃을 팔아서 상당한 돈을 주머니에 넣게 되었다.

그런 어느 날, 강한 태풍이 불었다.

엄청난 비를 몰고온 태풍으로 인하여 임금님이 사는 궁중 정원의 나무들이 엉망이 되었다.

나뭇가지가 찢어지고, 제멋대로 떨어져 딩구는 나뭇잎들이 여기저기에 산처럼 쌓여 있었다. 궁중의 정원사들은 고민에 빠졌다.

그때 젊은이가 찾아와서 말했다.

"만일에 그 흩어진 나뭇가지와 나뭇잎들을 모두 나에게 준다면, 제가 궁중 정원을 깨끗이 청소해 드리겠습니다."

"깨끗이 청소만 해 준다면 그까짓 나뭇가지야 전부 주고말고."

그는 마을에 아이들이 모인 곳으로 갔다. 그리고 그 아이들에게 꿀물을 먹이고 대신 아이들을 시켜서 정원의 나뭇가지와 나뭇잎들을 모두 모아 한 쪽에 쌓아 놓게 하였다.

정원 한쪽에 쌓여있는 나뭇단을 본 궁중의 도공이 그것을 도자기 굽는 나무로 쓰기 위해 아주 비싼 값으로 모두 사버렸다. 곁들여서 도공은 자기가 구어낸 도자기도 여러 점을 그에게 주었다.

많은 돈을 번 그는 이번에는 큰 병을 사서 그 안에 물을 가득 담아 500여 명이 제초작업을 하는 숲으로 갔다. 제초작업하는 이들은 마침 그때 갈증이 나있었는데 물병을 들고온 젊은이에게 무한한 감사를 드리면서 그 물을 마셨다. 그리고 제각기 은혜를 보답하고자 하였지만 그는 괜찮다면서 그냥 돌아갔다.

며칠 지난 후 그에겐 예부터 친하게 지내온 상인이 둘 있었는데 그 중 한 상인을 만났다. 그 상인은 그에게

"내일은 여기에 말장사가 오백 마리의 말을 팔러 올꺼야."

그 소리를 들은 젊은이는 곧바로 숲 속에서 제초작업을 하는 사람들에게로 갔다.

"여러분. 오늘은 제가 부탁할 것이 있어서 찾아왔습니다. 풀 한 다발씩만 저에게 주실 수 있을런지요. 그리고 제 풀이 팔리기 전에는 여러분들은 팔지 말아 주십시오."

"그야 어렵지 않지. 풀 한 다발 쯤이야."

그리고는 제각기 풀을 그에게 주었다.

다음 날, 말에게 먹일 풀을 한 사람도 팔지 않았기 때문에 많은 돈을 주고서 그의 풀을 몽땅 사고 말았다.

그 후 며칠이 지나자 또 한 사람의 친구 상인이 찾아와 그에게 말했다.

"조금 후에 큰 배가 항구로 들어온다."

그 말을 들은 젊은이는 그 길로 마차 파는 곳으로 가 제일 좋은 마차를 빌렸다. 그리고 배가 항구에 도착하자마자 제일 먼저 가 배에 실린 물품을 모두 사 버렸다.

뒤늦게 달려온 많은 상인들은 상품을 하나도 사지 못하게 되자 할 수 없이 젊은이에게 부탁하여 많은 돈을 주고 물품을 조금씩 나누어서 사 가지고 돌아갔다.

이에 젊은이는 그 마을에서 제일가는 부자가 되었다. 많은 돈을

벌게 된 그는 작은 도금쟁이에게 보답을 하려고 찾아갔다.

"당신의 덕으로 나는 이렇게 많은 돈을 벌 수가 있었소. 죽은 쥐 한 마리가 이렇게 큰 돈을 가져다 주었소. 당신의 이야기를 듣지 않았으면 나는 이런 큰 돈을 가질 수가 없을 것이오."

이렇게 정중히 인사를 하자 작은 도금쟁이는,

"아닙니다. 그것은 당신이 내 말을 깊이 새겨 들었기 때문이오. 당신이 현명하지 않았다면 내가 아무리 얘기한들 아무 소용 없었을 것이오."

하고는 그 젊은이를 자기의 사위로 맞아들였다

죽비소리 | 정치를 한다는 사람들이 나라와 국민을 위해 마음을 비운다면 국민들은 모두 부처님처럼 믿고 따를 수가 있을 것이다. 그러나 아직도 우리 사회는 마음을 비우기보다는 권력 그 자체만을 탐내는 사람이 너무도 많은 것 같다. 많은 돈을 써서라도 권력을 잡아보겠다는 사람들이 있는 한 국민들의 진정한 행복과 안정은 있을 수 없을 것이다.

원숭이 왕의 지혜

옛날 보살이 원숭이 왕으로 있었을 때의 일이다.

원숭이 왕은 갠지스 강 상류인 히말라야 깊숙한 곳에서 많은 원숭이를 거느리고 살았다. 그 강변에는 한 그루 망고나무가 있어 해마다 많은 열매를 맺었다. 원숭이 왕은 원숭이들에게 망고의 열매가 하나라도 강물에 떨어지지 않도록 주의를 주었다. 너무도 맛이 좋은 열매이기 때문에 혹시 사람들이 살고 있는 곳까지 떠내려 간다면 반드시 원숭이들에게 불행한 일이 닥칠 것으로 예측했기 때문이다.

그런데 어느 날 나무 위에 있는 커다란 거미집에 가려져 있던 망고열매가 아무도 모르는 사이에 강물에 떨어져 바라나시까지 떠내려갔다.

왕은 이 망고를 먹어 보고 이같이 맛있는 과일은 일찍이 먹어본

적이 없었으므로 더 많이 먹고 싶었다. 그래서 여러 개의 뗏목을 엮게 하여 수많은 신하를 거느리고 갠지스 강을 거슬러 올라갔다.

마침내 상류의 숲에 다다라 그 망고나무를 발견하여 맛좋은 열매를 실컷 먹을 수 있었다. 그리고 그곳에 천막을 치고 그날 밤을 쉬었다.

밤중에 문득 눈을 떠보니 원숭이 떼가 나무에 올라가 맛있는 망고를 따먹고 있었다. 왕은 곧 신하들을 깨워 활을 쏘아 원숭이를 모두 잡으라고 명령했다. 원숭이들은 도망칠래야 칠수가 없어 그저 오들오들 떨고만 있었다.

이때 원숭이 왕은 원숭이들을 진정시킨 다음 높은 나뭇가지 중에서 강쪽으로 뻗어있는 가지를 타고 저쪽 강기슭으로 뛰어내렸다. 강기슭에 있는 길다란 덩굴을 주워 한 끝을 잡고 다시 이쪽 강변으로 돌아와 망고나무 끝에 잡아매려고 하였다.

그러나 덩굴의 길이가 모자랐기 때문에 덩굴 끝을 잡고 그대로 매달린 채, 자기 등을 밟고 덩굴을 타고 강을 건너 달아나게 하였다.

원숭이들 가운데는 심술꾸러기가 한 마리 있었다. 마지막으로 건너면서 일부러 원숭이 왕의 잔등을 힘껏 밟아주고 가버렸다. 그래서 원숭이 왕은 덩굴을 놓친 채 오도가도 못하고 기진맥진하여 죽기를 기다리고 있었다.

인간의 왕은 이러는 동안 눈을 뜨고 줄곧 원숭이들이 하는 짓을 지켜보았다. 원숭이 왕의 행동에 감격한 왕은 날이 새자 강물에 뗏목을 띄어 원숭이 왕을 구하여 치료해 주었다. 그리고 곁에 앉아 자세히 이야기를 들었다. 원숭이 왕은 왕으로서 자기 의무를 다하기 위해 자신을 희생해 가면서 권속들의 재난을 구출해 준 것

을 말하고,

"자기 나라의 백성이나 말이나 군사나 마을이나 두루두루 행복스럽게 살도록 하는 것이 참된 왕의 직무입니다."라고 깨우쳐준 다음 숨을 거두었다.

죽비소리 | 인간에게 어느 정도의 공포와 긴장은 생존하는데 필요한 지혜를 줄 수도 있다. 베이컨도 '자연이 모든 생물에게 공포심을 부여한 것은 그들로 하여금 삶을 유지하고 육신을 보호하며 모든 위험을 피하게 하려는데 목적이 있다'고 했다. 약간의 긴장과 두려움으로 나태와 안일을 추방할 수 있다면 그것 역시 삶의 한 지혜가 될 것이다.

보살의 자비

옛날에 한 보살이 재산이 헤아릴 수 없이 많았다.

어느 날 보살은 시장에 나갔다가 자라를 보고 불쌍한 마음이 들어 값이 얼마인가를 물었다.

자라 임자는 보살이 큰 자비와 덕성을 갖추고 있으며, 헤아릴 수 없는 부자임을 알고 엄청난 값을 불렀다.

"값이 백만 냥인데, 능히 사신다면 좋지만 그렇지 않다면 내가 마땅히 삶아 먹을 것입니다."

보살은 그 값대로 치르고 자라를 물에 가서 놓아 주었다.

그 후 자라가 밤에 찾아 와서 보살의 집 문을 두드리며 말했다.

"제가 커다란 은혜를 입어서 목숨을 보존하였는데 보답할 것이 없습니다. 다만 제가 물에 살고 있기 때문에 물이 많고 적은 것을 압니다. 장차 홍수가 와서 반드시 큰 피해가 있을 것이오니 속히

배를 마련하여 홍수에 대비하십시오."

보살이 다음 날 새벽에 궁문에 나아가서 왕에게 사실대로 말하니, 왕이 그전부터 보살의 선한 행동을 들은 지라, 그 말을 믿고 낮은 곳에 사는 사람들을 높은 곳으로 옮기도록 하였다.

그때 자라가 와서 말했다.

"홍수가 오니 어서 배를 타고 내가 가는 대로 따라오시면 필히 화를 면할 것입니다."

보살이 배에 옮겨 타고 자라의 뒤를 따르는데, 뱀과 여우가 떠내려가는 것을 보고 건져 주자고 하자 자라가 좋다고 하였다.

얼마쯤 가다가 사람이 표류하고 있는 것을 보고 보살이 그를 건져 주려하니 자라가 말했다.

"구해 주지 마십시오. 대체로 사람은 마음이 거짓되어 끝까지 믿을 수가 없으며, 은혜를 등지고 배신을 잘합니다."

그러자 보살이 말했다.

"짐승도 건지면서 사람을 천하게 여긴다면 어찌 그것이 올바른 도리겠느냐? 나는 차마 그럴 수 없다."

그리고는 그를 건져주니 자라는 안타까워했다. 드디어 높은 땅으로 가서 자라가 말했다.

"은혜의 보답이 끝났으니 저는 이제 가겠습니다."

보살이 대답하였다.

"내가 정각을 얻으면 너를 반드시 제도하리라."

자라가 기뻐하며 물러갔다.

잠시 후 여우가 보살에게 말했다.

"제가 큰 은혜를 입었습니다. 저는 굴에서 사는 동물이므로 굴을 파다가 금 백 근을 얻었습니다. 제가 빼앗거나 훔친 것이 아니니 저의 성의로 아시고 받아주십시오."

보살이 깊이 생각하기를

'받지 않고 헛되이 버리면 가난한 백성에게 유익함이 없으니 받아서 중생에게 보시한다면 또한 좋지 않으랴'

그래서 받았다. 그런데 같이 표류하던 사람이 금을 보더니 자신에게 반을 나눠 달라 하였다. 보살이 곧 10근을 나눠주자 그는 배은망덕하게 말했다.

"네가 무덤을 파고 금을 빼냈는데 그 죄를 어떻게 면할것이냐. 반으로 나누지 않으면 반드시 관가에 고발하겠다."

"백성이 궁핍하기 때문에 고르게 나누어 주고자 하는데 당신에게 반을 준다면 이는 불공평한 것이 아니냐."

마침내 그 사람이 왕에게 고발하여 보살이 붙잡히게 되었다. 그러나 보살은 아무도 원망하지 않고 생각했다.

'중생들이 나와 같은 원한을 맺지 않게 되어지이다.'

뱀이 감옥으로 들어와서 보살을 보니 얼굴이 많이 상하였다.

뱀은 보살에게 말했다.

"이 약을 갖고 계십시오. 내가 장차 태자를 물면 그 독이 온몸에 퍼져서 능히 구할 자가 없게 될 터이니 보살께서 약이 있다고 알리고 그 약을 전하십시오. 그렇게 하면 태자의 병은 나을 것입니다."

뱀이 태자를 물어서 태자가 위독하게 되니 왕이 영을 내리었다.

"누가 능히 태자를 구하면 정승으로 봉하여서 정치에 참여하게 하리라."

보살이 약을 전하여서 태자의 병이 나으니 왕이 기뻐서 까닭을 물었다.

보살은 그동안의 일을 상세히 밝혔다.

왕이 스스로 뉘우쳐 자신의 허물을 반성하고 곧 고발한 자를 벌하고 그 나라의 많은 죄수들을 사면시키고 보살을 정승으로 봉하였다.

"현자는 어떠한 글을 좋아하고 어떠한 도를 공부하였기에 하늘 땅의 어짊을 행하고 혜택이 중생에게 미치는가?"

"불경을 좋아하고 불도를 공부하였습니다."

"불교에 요걸(要訣)이 있는가?"

"있습니다. 부처님께서는 네 가지 항상하지 않음에 대하여 말씀하셨는데 불도를 행하는 자는 앙화가 없어지고 복이 창성합니다."

"원컨대 그 실제를 얻고자 하노라."

"하늘과 땅이 없어질 때에 일곱 개의 해가 나란히 뜨고 큰 바다가 모두 마르며, 천지가 텅비어서 수미산이 무너지며, 하늘·사람·귀신·용·중생의 목숨이 확연히 타 없어 지니 성하였던 모든 것이 쇠퇴하여 없어지게 됩니다. 천지도 오히려 그러하거늘 벼슬이나 국토가 어찌 오래 가겠습니까."

보살은 계속 말했다.

"대체로 존재하는 것은 반드시 공으로 돌아가게 되나니 마치 두 나무를 서로 비벼서 불이 나면 도리어 나무를 태우고 불도 나무도 다하여 두 가지가 다 공하게 되는 것과 같고, 옛날에 영화롭던 임금과 궁전이 지금은 없어져서 간 곳을 보지 못하니 이 또한 공한 것입니다."

"부처님께서 말씀하신 공의 요체를 내가 마음으로 믿으리라."

"대체로 몸뚱이는 흙·물·불·바람으로 이루어집니다. 강한 것은 흙이 되며, 더운 것은 불이 되고, 숨쉬는 것은 바람인데 목숨이 다하여 혼신이 가고, 사대가 각각 흩어지면 능히 보전할 것이 없으니 이러므로 몸이 아닙니다."

왕이 말했다.

"부처님께서 말씀하신 몸이 아니라는 것을 내가 마음으로 믿으리라. 몸뚱이도 보전하지 못하거늘 어찌 하물며 국토를 보존할 수 있겠는가. 슬프도다. 나의 선왕께서는 이와 같은 가르침을 듣지 못하셨도다."

"천지도 항상함이 없는데 누가 능히 나라를 보전할 것입니까? 어찌하여 창고를 비워서 주린 사람들에게 보시하지 않으십니까?"

왕이 말했다.

"눈이 밝은 스승의 가르침이 상쾌하도다."

곧 왕은 창고를 비워서 가난한 자에게 보시하고 홀아비·과부와 고아들로 하여금 어버이가 되고 자식이 되게 하니 백성들이 그 빛나는 치적을 찬양하였고, 빈부가 평등하여지니 온 나라가 웃음꽃이 피었으며, 사방에서 덕을 찬탄하니 드디어 태평한 세상이 되었다.

부처님께서 모든 사문에게 말씀하셨다.

"그때 보살은 나고, 국왕은 미륵이며, 자라는 아난이요, 여우는 사리불이며, 뱀은 목련이요, 표류하던 사람은 데바닷타이었으니라. 보살이 자비와 지혜로 바라밀의 보시를 행함이 이러하니라."

죽비 소리 | 우리는 자신을 현명하게 통제하여 스스로를 변화시킬 수 있어야 지혜로운 사람이 될 수 있을 것이며, 다른 사람들로부터

가치를 인정받게 될 것이다. 이러한 과정은 고된 노력과 끈기를 통해서 이룩될 수 있지만 그 열매의 달콤하고 아름다운 향기는 자신의 가치를 더욱 풍성하게 할 것이다.

임금님의 깨달음

　욕심이 없기로 칭송이 자자한 임금이 지방 순시길에 올랐다. 한 지방 관청에 발을 들여 놓았을 때, 그곳의 문지기가 깊숙이 고개를 숙여 인사를 했다.

　"삼가 만수무강하시길 빕니다."

　이에 임금이 대답했다.

　"고맙지만 나는 사양하겠다."

　"그러하오면 더욱더 부유해지길 비옵니다."

　"그것도 사양하겠다."

　"그러하오면 자손을 많이 두시기를 비옵니다."

　"그것도 사양하겠다."

　"모든 사람이 부를 누리며 장수하길 바라고 자손을 많이 두기를 희망하는데, 어찌하여 이 모두를 마다하십니까?"

문지기의 반문에 임금이 만면에 웃음을 띠며 대답했다.

"오래 살면 그만큼 욕된 일도 많을 것이요, 부유하면 그것을 어찌 관리할까 근심만 늘 뿐이다. 또 아들이 많아도 그 중에 못난 자식이 생기면 도리어 걱정만 많아질 것이 아닌가. 그대의 정성이 고맙기는 하지만, 그 모든 것이 나의 덕을 기르는 데는 도움이 되지 못하는지라 사양하는 것이다."

이 말을 들은 백성들은 환성을 지르며,

"과연 우리 임금님은 성인이시다."

하고 감탄했다.

그러나 임금에게 축복을 기원했던 문지기만은 실망한 표정을 감추지 못한 채 돌아서 중얼거렸다.

"난 우리 임금이 성인인 줄 알았는데, 조금 남다른 사람일 뿐이군. 본디 사람이 세상에 태어났을 때는 못나면 못난 대로 저마다의 합당한 이유를 지녔음인데, 아들이 많다 한들 그들에게 각자의 일을 맡긴다면 무슨 걱정이 있겠는가. 또한 재산이 많이 불어난다 해도 이웃에 골고루 나누어주는 데 힘쓴다면 이를 잘 관리하고자 하는 근심이 생길 리 없을 터이고, 올바른 마음으로 사람들과 함께 번영을 누린다면 아무리 오래 산들 또 무슨 욕된 일이 있을 것인가."

이 말을 엿들은 임금이 무릎을 치며 말했다.

"옳거니, 그대의 말이 정녕 옳도다. 내 일찍이 세상의 욕심을 버리리라 마음먹고 노력했지만, 어느덧 나도 모르는 사이에 자만심을 끊지 못했음을 이제야 깨달았도다."

문지기의 범상치 않은 말에 감동한 임금은 더욱 가르침을 얻으려 사람을 보냈지만, 문지기는 고개를 저으며 어디론지 떠나고 없었다.

죽비소리 | 우리는 어떤 사람이라도 업신여길 권리를 갖고 있지 않으며, 또 업신여김을 받아야 할 이유도 없다. 사람이 힘과 지혜를 타고난 것은 바로 약자를 억압하고 해치기 위해서가 아니라 그들을 이해하고 도와주기 위해서일 것이다. 우리는 서로간의 관계 때문에 존재하며, 서로가 서로의 한 부분이 되어 있다. 미움으로 남을 해치려 한다면 그것이 곧 자신을 해치게 되는 길임을 명심해야 할 것이다.

양들의 다툼

　깊고 깊은 산골에 계곡이 하나 있었다. 그 곳은 물의 흐름 또한 매우 빨랐다. 온통 숲으로 우거진 계곡 위에는 통나무로 만든 긴 외나무다리가 놓여 있었다. 한 나무꾼이 긴 통나무를 베어 다리를 놓은 것이다.

　어느 날 산양 한 마리가 다리 건너편에 있는 풀을 뜯어 먹기 위해 다리를 건너가려고 했다. 그런데 앞을 보니 뜻하지 않게 다리 위에 다른 산양 한 마리가 자기를 보며 서 있는게 아닌가.

　'어, 처음 보는 녀석이잖아?'

　'저 녀석은 뭐야? 기분 나쁘게 생겨 가지고.'

　이 산양 또한 건너편에 있는 초원에 가서 풀을 먹기 위해 다리를 건너가려던 참이었다. 두 산양은 서로 상대가 마음에 들지 않았다.

그때 다리 위의 산양은 생각했다.

'내가 얼른 이 다리를 건너가야지. 그러면 저 녀석이 기다려 주겠지.'

그래서 그 산양은 머리를 숙인 채 앞도 보지 않고 다리 위를 걸어갔다. 건너편 다리 앞에 서 있던 산양은 혀를 끌끌차며 이 모습을 주시하고 있었다.

'어! 저 녀석이 그냥 막 오잖아. 저런 느림보 같은 걸음으로 언제 다리를 다 건넘담. 내가 지금 다리 위로 올라간다면 당연히 제가 나한테 양보하겠지. 난 옆으로 비켜 줄 수 없으니까. 왜냐하면 이 다리는 언제나 내가 왕래하던 다리였으니까.'

그래서 이 산양도 머리를 숙이고 앞만 보고 성큼성큼 발을 내디뎠다.

잠시 후, 이렇게 서로 자기 생각만 하며 다리 위를 건너던 두 산양은 중간에서 머리를 부딪치고 말았다.

첫 번째 산양이 매우 당당한 어조로 말했다.

"당신이 뒤로 돌아가 주십시오. 내가 먼저 다리를 통과한 후에 이야기합시다."

상대편 산양은 이 말을 듣고 몹시 화가 났다.

"그게 무슨 말이오? 세상 천지에 무슨 이런 도리가 있습니까?"

첫 번째 산양은 기가 막히는지 온몸을 부들부들 떨며 대꾸했다.

"당신, 내가 힘이 얼마나 센지 듣지도 못했구먼."

그러자 두 번째 산양도 지지 않고 말했다.

"당신, 나와 싸우자는 의도인가 본데……?"

이 말을 들은 첫 번째 산양은 아무렇지도 않다는 듯이 대꾸했다.

"싸우게 되면 싸우는 거지. 그게 뭐 대순가? 난 당신이 조금도 두렵지 않아."

일이 이렇게 되자 두 번째 산양은 얼른 머릿속으로 생각하기 시작했다.

다리는 너무 좁을 뿐만 아니라 미끄럽기 때문에 여기서 싸우면 둘 다 위험했다. 그래서 첫 번째 산양에게 이렇게 제의했다.

"정 싸우겠다면 네가 뒤돌아가거라. 우리 함께 산에 가서 싸우자."

그러자 첫 번째 산양이 코웃음을 쳤다.

"나는 죽어도 이 자리를 물러날 수 없어. 싸움을 하려거든 네가 먼저 뒤돌아서서 산으로 가거라 우리 산에 가서 싸우자 어떠냐?"

상대편 산양은 이 말을 듣고는 더 이상 참을래야 참을 수 없었다.

"여러 말이 필요 없는 놈이로군."

그리하여 머리를 처박고 뿔을 곧추 세운 다음 있는 힘을 다해 앞으로 돌진했다.

첫 번째 산양도 갑자기 상대편 산양이 돌진해 들어오자 마음이 급한 나머지 머리를 처박고 똑같이 돌진했다. 그러자 다음 순간 눈에서 별이 반짝하더니 머리가 아프기 시작했다. 그러자 또 펑하는 소리와 함께 뭔가에 부딪쳤는데 두 번째 부딪힌 것은 상대편 산양이 아니라 개울물이었다.

죽비 소리 | 살아 숨쉬는 인간 누구에게나 질투는 있게 마련이다.

남녀간의 사랑에서 빚어지는 질투, 자신과 남과의 비교에서 생기는 질투 등 질투심을 느낀다는 건 자연스런 것이다. 그러나 도에 지나치면 부도덕해질 뿐 아니라 불행도 겸하게 된다. 그러므로 우리는 질투를 행복의 적으로 알고 떨쳐버릴 수 있어야 한다. '질투에 미친 마음은 뼈까지 썩게 한다'는 말이 있는 것처럼 질투심이 이러한 데 까지 이르면 질투의 불꽃은 스스로를 파멸로 몰아가게 된다.

어부의 횡재

날씨가 매우 쾌청한 어느 날 조개 한 마리가 바닷가에서 햇볕을 쬐고 있었다. 따뜻한 온기로 기분이 썩 좋아진 조개는 자기의 단단한 껍질을 양쪽으로 펼치고는 마음껏 공기를 들이마시고 있었다.

이때, 도요새 한 마리가 먹을 것을 찾아 하늘을 날고 있었다. 이리저리 날며 해변가를 내려다보고 있던 도요새는 때마침 햇볕을 쬐고 있는 조개를 발견하게 되었다.

붉은빛 조개의 속살이 햇빛을 받아 반짝이는 것이 꽤나 먹음직스럽게 보였다. 도요새는 군침을 삼키며 그렇게 맛있는 것을 먹을 수 있게 된 것을 무척이나 기뻐했다.

'어! 이거 운이 너무 좋은데. 저걸 한입 먹으면 아주 맛이 좋을 거야.'

도요새는 곧바로 내려와 조개의 살을 물었다. 조개는 갑자기 닥친 일에 당황해하며 서둘러 양쪽의 껍질을 단단하게 오므렸다.

그러자 도요새는 조개 속에 갇힌 부리를 빼지도 못하고 그저 날개만 퍼덕이며 발만 동동 구르는 신세가 되었다. 도요새는 무슨 수를 써서라도 부리를 빼내려고 발버둥을 쳤지만 아무런 소용이 없었다. 조개의 양쪽 껍질이 너무나 꽉 조였기 때문이다.

도요새는 다른 먹이를 찾아볼 걸 하고 후회를 하는 한편 일이 이렇게 된 이상 조개와 협상해 보기로 마음먹었다.

"네가 내 입을 놓지 않고 물고 있다만, 너는 지금 쓸데없는 짓을 하고 있는 거야. 내 입을 놓지 않는 이상 너는 아무데도 갈 수 없어. 만일 오늘 비가 오지 않는다면, 또 내일도 계속 비가 오지 않는다면, 넌 결국 말라 죽고 말아. 그러니 너에게 가장 좋은 방법은 네 입을 빨리 열어 나를 놓아주는 거다. 그래야 네가 물로 돌아갈 수 있을 거 아니냐."

도요새의 말을 듣고 조개는 비웃으면서 얘기하는 것이었다.

"흥! 그 따위 말도 안 되는 감언이설로 나를 꾈 생각은 하지 않는 게 좋을 걸. 네까짓 것한테 당할 내가 아니지. 상황은 너도 마찬가지라구. 만일 내가 너의 입을 놓아 주지 않는다면 너는 오늘도 내일도 옴짝달싹 못할 게 아냐. 그러는 사이에 너는 배가 고파 죽을 것이니 허튼수작일랑은 부리지 않는 게 좋아."

이렇게 도요새와 조개는 서로 싸우고 헐뜯기를 반나절이나 계속하였지만, 둘 중 누구도 양보할 생각은 눈꼽만큼도 없었다. 그런데 한 어부가 해가 저물어 집에 돌아가는 길에 바닷가를 지나가다가 도요새와 조개가 서로 물고 물린 채 싸우고 있는 광경을 보게 되었다.

"어어, 오늘은 운수가 엄청나게 좋은 날이군. 두 녀석이 꼼짝 못하고 저렇게 서로 물려 있으니 이거 웬 횡재냐."

어부는 서로 꼼짝도 하지 못하고 있는 도요새와 조개를 주워 대나무 광주리에 집어넣었다. 생각지도 않게 큰 수확을 얻은 어부는 다음 날 시장에 내다 팔 생각을 하며 기분좋게 집으로 향했다. 그 후 어부의 이 횡재를 가리켜 사람들은 '어부지리(漁父之利)'라 일컫게 되었다.

죽비소리 | 우리는 종종 세상의 괴로움을 잊으려 고요한 산 속을 찾는 일이 있다. 그러나 그 괴로움이 마음에서 제거되지 않는 한 괴로움은 산 속까지 따라갈 것이다. 괴로움 가운데서 즐거움을 얻는 사람이 될 때 비로소 마음의 참모습을 볼 수 있을 것이다.

아버지와 그 아들

중국 위나라의 호위라는 사람은 형주 자사의 직위에 있으면서도 항상 가난하게 살았다. 그 당시 자사는 높은 벼슬로서 마음만 먹으면 많은 재물을 모을 수도 있었으나, 그는 단 한 번도 부정한 일을 하지 않았다.

어느 날 호위가 오랜만에 휴가를 얻어 노새를 타고 고향에 돌아왔다.

그는 친척과 친구를 만나며 모처럼 한가로운 시간을 보냈다. 며칠 후 돌아가려니까 아버지 호질이 귀한 명주 한 필을 내주었다. 이에 호위가 놀라며 물었다.

"아버지, 이 명주는 어디서 났습니까?"

그의 아버지 호질도 지방의 관리로 일하고 있었기에 혹시 부정한 방법으로 얻은 것이 아닌가 하는 생각이 들었기 때문이다. 아들의 뜻을 알아차린 그의 아버지가 웃으며 말했다.

"걱정하지 말아라. 이것은 내가 받는 봉록을 저축해서 마련한 것이다. 네가 너무 어렵게 사는 것 같아 살림에 보태 쓰라는 것이니 달리 생각은 말아라."

호위는 그것을 고맙게 받아들고 즉시 아버지의 부하를 찾아갔다.

"아버지께서는 늘 신세를 지고 계신데 앞으로도 잘 부탁드립니다."

하고 말하면서 그에게 주었다.

어느 날 임금 무제가 호위를 불러 물었다.

"경과 경의 가친 중에 누가 더 청렴하다고 생각하는가?"

잠시 생각하고 난 호위가 대답했다.

"아버님께서는 자기의 청렴함이 남에게 알려지는 것을 두려워하고 계십니다만 저는 저의 청렴함이 남에게 알려지지 않을까 두려워하고 있습니다. 아무래도 제가 아버님께 미치지 못할 것 같습니다."

이 말을 들은 무제는 과연 두 사람이 모두 천하의 청백리라며, 칭송과 흠모를 아끼지 않았다.

죽비소리 | 세상에는 수천의 강이 있지만 바다로 들어가면 본래 이름은 없어지고 똑같은 바다가 되듯이 진리의 세계에서 보면 귀천의 구별은 있을 수가 없다. 단지 인간들이 자기 입장에서 서서 봄으로 자기는 귀하고 상대방은 천하다고 하는 무지의 분별심에 빠져 있

을 뿐이다. 남을 천하게 봄으로써 자기가 귀해진다고 생각하는 사람은 바다 가운데에 자기의 강 이름을 새겨보려는 것처럼 어리석은 사람이다.

교활한 장사꾼

어떤 장사꾼이 보따리를 잃어버렸는데 그 보따리 안에는 만 냥이 들어 있었다.

'보따리를 못 찾으면 어쩐다지? 아이고, 만 냥이면 어딘데. 아무리 생각해도 어디서 잃어버렸는지 통 알 수가 없으니.'

생각 끝에 그는 종이에 다음과 같은 글을 써서 들고 다녔다.

잃어버린 보따리를 찾아 주시면 5천 냥을 보상금으로 주겠습니다.

그러던 어느 날 한 노인이 보따리를 주워 얼른 장사꾼에게 가지고 왔다.

"자, 여기 보따리를 가져왔소. 보따리 안에는 손도 대지 않았다오."

그런데 그 순간 장사꾼의 생각은 완전히 돌변하고 말았다.

'노인이 보따리를 주운 것은 순전히 행운이었어. 그런데 내가 그 보답으로 5천 냥을 준다는 것은 아무리 생각해도 형평에 어긋나는 것 같단 말이야.'

그래서 그는 갑자기 뚱딴지 같은 질문을 했다.

"그런데 영감님, 내 보따리 안에 황금 한 덩어리가 들어 있었는데 못 보셨습니까?"

노인은 고개를 저었다.

"여보시오, 나는 모르는 일이오. 보따리 안에는 손도 대지 않았으니까. 5천 냥만 주면 나는 곧 갈거요. 내가 당신 보따리를 찾아 주었으니 그걸로 되지 않았소? 그런데 무슨 놈의 군소리가 그리 많소."

그러자 장사꾼은 도리어 화를 내며 노인을 도둑으로 몰아 세웠다.

장사꾼은 사람을 불러 노인을 잡아가게 했다. 두 사람은 재판관 앞으로 불려 나갔다. 두 사람의 말을 다 들은 재판관은 어떻게 판결을 내려야 할지 몰라 고심했다.

"보따리 속에 있던 황금은 다른 사람이 갖고 간 게 틀림없소. 그러니 다시는 시끄럽게 하지 마시오."

판결 내용을 들은 장사꾼은 신바람이 났다. 왜냐하면 황금 사건은 그냥 흐지부지 되었고 게다가 사례금마저 지불하지 않아도 되었기 때문이다. 노인은 화가 머리끝까지 치밀었다.

'에이, 이 천하에 다시없을 고약한 놈 같으니라구……'

노인은 최고 재판소에 상고했다. 이번 재판관은 대단히 총명한 사람이었다. 그는 노인과 장사꾼의 말을 다 듣고 나더니 장사꾼에게 물었다.

"당신이 보따리를 찾고자 할 때 왜 황금에 대한 얘기는 쏙 뺐소?"

"그야 다른 사람들의 탐욕이 두려워서지요. 보십시오. 내 생각대로 보따리와 돈만 돌아오지 않았습니까?"

재판관은 곧 이 장사꾼이 교활한 사람이라는 것을 알아챘다.

그래서 다음과 같은 판결을 내렸다.

"당신 보따리에 만 냥이 있었다고 했지요? 그리고 또 황금도 한 덩어리 있었구요? 그런데 노인이 주운 보따리 안에는 만 냥밖에는 아무것도 없었습니다. 다시 말하면 황금이 없었다는 말이지요. 그래서 내가 판단하기로는 이 보따리가 당신 것이 아닌 것 같습니다. 그러니 당신은 이제부터 당신이 잃어버린 그 보따리를 찾으십시오."

그런 다음 재판관은 노인을 향해서는 이렇게 판결을 내렸다.

"이 만 냥은 당신이 주운 돈이오. 그러니 법률이 정하는 대로 40일 동안 보관하십시오. 40일이 지나도 찾는 사람이 없으면 이 돈은 당신 것이 됩니다. 아셨습니까? 그러면 두 분 다 집으로 돌아가십시오."

40일이 지나도록 돈을 찾는 사람은 없었다. 그리하여 만 냥이라는 거금은 노인의 재산이 되고 말았다. 한편 장사꾼은 가슴을 치며 후회했으나 이미 때는 늦었다.

'내 스스로 잘못하고도 다른 사람을 속이려 했으니 결국 내가 화를 자초한 거야.'

죽비소리 | 탐심이 일어날 때 그 탐심의 자리에 도사리고 있는 불만을 행복의 원천인 만족으로 바꿔 버릴 수만 있다면 우리의 삶은 더욱 풍요롭고 즐거운 나날이 될 것임을 깨달아야 할 것이다.

학자의 교만

옛날 어느 유명한 학자가 있었다. 그가 얼마나 유명했던
지, 시골 구석의 젊은이들까지도 그를 모르는 사람이 없었다.

그가 어느 날 여행을 떠나게 되었다. 여행중에 그는 어느 강가
에 다달았는데, 공교롭게도 그곳엔 강을 건널 수 있는 배가 없었
다.

유명한 학자는 낭패한 표정으로 한동안 강가를 서성댔다. 날은
저물어 가는데, 걱정이 아닐 수 없었다.

그때 그의 앞에 어떤 건장한 청년이 다가섰다.

"이 강을 건너시려구요? 학자님!"

"그렇소이다."

"그렇다면 저의 등에 업히십시오. 제가 건네 드리겠습니다."

그러자 유명한 학자는 청년의 말이 믿기지 않는지 잠시 망설이

더니,

"정말 나를 업고서 강을 건널 수 있겠소?"

하고 물었다. 청년이 쫙 벌어진 건장한 어깨를 학자의 앞으로 내밀며 대답했다.

"그렇다니까요! 염려말고 저의 등에 업히십시오!"

학자가 등에 업히자 청년은 정말 거짓말처럼 거뜬히 강을 건넜다.

학자는 청년에게 무엇인가를 선물하고 싶었으나, 원래 가난했던 그로서는 아무것도 줄 것이 없었다. 그래서 잠시 어쩔 줄을 몰라 하는 동안, 청년은 또 다른 사람을 건네주기 위해 강 저쪽으로 건너갔다.

그러자 유명한 학자는 갑자기 안도의 표정으로 바뀌며, 이렇게 중얼거렸다.

"내가 유명하여 도와 준 줄 알았는데, 이제 보니 그게 아니었군. 누구든 건네주고 있지 않은가 말이야. 그러니 나도 이제 청년에게 선물을 줄 필요가 없게 됐지 뭐야."

죽비소리 | 흐르는 물에는 얼굴을 비춰볼 수 없지만 고요한 물에는 비춰볼 수가 있다. 마음도 역시 이와 같아서 고요히 안정된 상태라야 진정한 자아의 모습을 비춰볼 수가 있는 것이다. 그러므로 우리는 하루에 몇분 동안만이라도 흐르는 마음을 고요히 머물게 하여 거기에 비치는 자신의 참모습을 찾으려는 노력을 지속적으로 기울여나가야 할 것이다.

이미 지난 일에 집착하지 말라

어떤 사람이 석가모니를 찾아왔다. 그 사람은 석가모니를 만나자마자 욕을 하면서 그의 얼굴에 침을 뱉었다. 졸지에 봉변을 당한 석가모니는 얼굴색도 변하지 않고 말없이 침을 닦으며 말했다.

"자, 이제 나에게 할 말이 더 있는가? 그렇다면 망설이지 말고 하게."

그러자 그 사람은 당황했다. 그가 그렇게 나올 줄은 몰랐기 때문이었다. 그리고 자신은 욕을 하며 침을 뱉었을 뿐인데, 더 할 말이 있느냐고 묻더니……. 그 사람은 아무 말도 못하고 도망치듯 돌아가 버렸다.

그날 밤, 그 사람은 한잠도 이루지 못했다. 뭔가 잘못 돼 가고 있다는 생각이 들었다. 낮의 일에 대한 죄책감도 들었다.

다음 날 날이 밝자 그는 석가모니를 찾아가 무릎을 꿇고 용서를 빌었다. 그러자 석가모니는 손을 내저었다.

"그대가 왜 나에게 용서를 비는가?"

"어제 제가 당신의 얼굴에 침을 뱉고 욕을 한 것이 부끄러워 미칠 지경입니다. 만일 어제 일에 대해 당신의 용서가 없다면 저는 아마 미쳐버릴지도 모릅니다."

그 말을 들은 석가모니는 정색을 하며 말했다.

"지금 이 자리에서 누가 그대를 용서하겠는가? 어제 침을 뱉은 사람은 이젠 여기에 존재하지 않고 그런 모욕을 당한 사람 역시 이젠 여기에 존재하지 않는데, 누가 누구를 용서하겠는가? 어제의 그 일은 이미 지나간 일이다. 그 일에 대해서 지금의 우리가 할 일이란 아무것도 없다.

어제의 우리는 모두 지나간 과거와 함께 흘러갔고, 지금의 우리는 어제의 우리가 아니다. 그대나 나나 새로운 사람일 뿐이다."

즉비소리 | 사마귀는 자기의 긴 앞다리로 모든 먹이를 잡을 수 있기 때문에 그것만 믿고 수레바퀴가 굴러와도 피하지 않고 앞다리로 버티려 하다가 깔려 죽는다는, 매우 어리석은 사람을 비유한 고사가 있다. 인간답게 산다는 것은 순리의 법칙에 따르는 것이다. 작은 그릇에 많은 달걀을 담으려는 어리석은 모험심을 버리고, 목적은 확고히 갖되 분수를 지키며 자족하는 마음가짐이 중요하다.

소신있는 충언

조선조 숙종 시대의 문신이던 이관명이 암행어사로 경상
도 지방을 다녀와 임금을 배알하자 숙종이 물었다.

"그동안 수고가 많았소. 그래 그곳 지방 사정은 어떠하였소?"

"예 전하, 다른 지방은 아무런 문제가 없었사오나 통영 지방에
섬 하나를 소유하고 있는 후궁이 위아래도 몰라보고 갖은 방법으
로 백성들의 재물을 마음대로 빼앗아들임으로 원성이 드높은 실
정이옵니다."

"무엇이라고!"

숙종이 화를 내며 앞의 탁자를 내리쳤다.

"이 나라의 임금이 후궁에게 조그만 섬 하나 준 것을 가지고 문
제를 삼는단 말이오!"

"전하께서 후궁에게 섬 하나를 하사하신 것을 이렇다저렇다 아

뢰는 것이 아니옵니다. 다만 임금의 총애하심을 믿고 백성들의 재물을 수탈하는 것이 그릇되 아뢰올 뿐입니다."

"어찌되었건 그대의 말이 심히 불손하구나!"

그러나 이관명은 주저 없이 아뢰었다.

"전하, 소신이 전하를 가까이 모실 때에는 이러지 않으셨는데 일 년 동안 밖에 나갔다가 돌아와 보니 전하의 과격하심이 심해지셨사옵니다. 이는 곧 전하께 바른 말을 직언하는 신하가 하나도 없었다는 뜻이오니 모든 신하들을 파직해야 마땅할 줄 아뢰옵니다."

이관명의 말에 숙종은 당장 승지를 불러들여 전교를 받아쓰게 했다.

"어사 이관명에게 부제학을 제수하노라."

대신들은 깜짝 놀랐다. 이관명이 임금의 진노를 샀기에 벌을 받을 것으로 생각하고 있었는데, 오히려 승진이라는 상이 주어졌기 때문이다.

숙종이 다시 전교를 내렸다.

"홍문관 제학 이관명에게 호조판서를 제수하노라."

이렇게 그 자리에서 연달아 삼 계급을 특진시킨 숙종은 이관명에게 조용히 말했다.

"경의 바른 말이 과인의 잘못을 깨닫게 해주었소. 경은 앞으로도 바른 말로 과인의 잘못을 깨닫게 하여 주고 관리들도 잘 단속해 주오."

모든 신하들이 숙종의 너른 도량에 감복하여 머리를 숙였다.

죽비소리 | 어리석은 사람은 물을 반쯤 채운 항아리와 같아서 조금만 흔들려도 출렁이기 쉽고, 지혜로운 사람은 물이 가득한 연못과 같아 언제고 맑고 고요함을 잃지 않는 것이다.

꾀많은 쥐

오랜 옛날의 일이다.

그때까지 동물의 지위에 대한 법이 없어 모두들 제가 최고라고 우기고 있었다. 그래서 동물들은 지루한 회의 끝에 어느 날 어느 곳에 먼저 도착하는 순서대로 지위를 정하는 대회를 열기로 하였다.

쥐는 이 일을 잊지 않고 어떻게든 그날 가장 먼저 그 곳에 도착해야겠다고 마음먹었다. 왜냐하면 쥐는 동물들 중 가장 높은 지위를 얻고 싶었기 때문이다.

대회 개최 전날이었다. 쥐는 먼저 울타리 너머에 있는 물소한테 갔다.

"물소야, 너 내일 회의장에 나와 같이 갈래?"

쥐는 물소가 자기를 도와 줄 수 있을 것이라고 생각하고 이렇게 물었다. 왜냐하면 자신이 살고 있는 창고에서 산 속까지 가려면 중간에 강을 건너야 했는데 그 강엔 다리가 없었기 때문이다. 그래서 쥐는 자기가 물소와 같이 가면 물소등에 올라타고 강을 건널 수 있을 것이라고 생각했다.

한편, 물소는 자신의 걸음이 매우 느리다는 것을 알고 있었다. 그러나 쉽게 강을 건널 수 있으므로 자기가 제일 먼저 도착할 거라고 믿고 있었다. 멍청한 물소의 머리로는 그 이상은 생각할 수 없었다.

그래서 다음 날 아침 일찍 쥐와 함께 출발하기로 흔쾌히 승낙했다.

마침내 대회 날이 왔다.

쥐와 물소가 다정히 길을 걷고 있는데 난데없이 고양이가 나타나 앞을 가로막았다. 고양이 역시 이 대회에 참가하기 위해 가는 중이었다.

셋은 길동무 삼아 함께 걸어갔다. 그러나 쥐는 태연한 겉모습과는 달리 속마음은 매우 조급했다. 왜냐하면 고양이는 자신보다 걸음이 훨씬 빠르기 때문이었다. 어떤 조치를 취해 두지 않으면 고양이가 대회장에 제일 먼저 도착하여 첫 번째 이름을 얻을 게 뻔했다.

아무리 머리를 굴려 보아도 좋은 생각이 떠오르지 않자 쥐는 나쁜 마음을 품기 시작했다. 즉, 길을 가다가 눈치를 보아 고양이를 죽이기로 한 것이다.

얼마 지나지 않아 그들은 강가에 도착했다. 강 폭은 그다지 넓지 않았지만 쥐와 고양이는 수영을 할 줄 몰랐기 때문에 몹시 걱정이 되었다. 둘은 물소의 등에 업혀 강을 건널 수밖에 없었다. 그래서 둘은 물소에게 부탁했다.

"물소야, 우리가 네 등에 업혀 강을 건넜으면 하는데 괜찮겠니?"

물소는 고개를 끄덕이며 속으로 생각했다.

'내 새끼 발톱만한 녀석들인데 뭐. 무게가 나가면 얼마나 나가겠어?'

이렇게 해서 강을 거의 다 건넜을 무렵이었다. 쥐가 갑자기 주위를 살피더니 별 생각 없이 강가의 경치에 몰두해 있던 고양이를 밀어뜨리고 말았다.

물소는 자기 등 위에서 이런 일이 벌어진 것도 모르고 헉헉거리며 헤엄치는 일에 바빴다. 드디어 강가에 닿자 물소의 느린 걸음을 참지 못한 쥐는 얼른 땅으로 뛰어내렸다.

"고맙다. 내 이 일은 꼭 잊지 않을게."

쥐는 뒤도 돌아보지 않고 앞을 향해 뛰어갔다.

약삭빠른 쥐는 자기 생각대로 제일 먼저 대회장에 도착했다. 물소 역시 비록 걸음걸이가 느리긴 했지만 워낙 일찍 출발했던 덕택으로 쥐에 이어 2등으로 도착했다. 물소는 2등을 한 것만으로도 만족하여 쥐를 도와주기를 잘했다고 감격해했다.

한편 가련한 고양이는 강에 빠져 많은 물을 마셔야 했다.

다행이도 수심이 그리 깊지 않은 탓에 목숨을 구한 고양이는 있는 힘을 다해 강가에 도착했다. 그리하여 숨을 몰아 쉬는 동안 태양이 내리쬐어 털을 말려 주었다. 겨우 정신을 차린 고양이는 황급히 대회장으로 달려갔다. 그러나 대회는 벌써 끝난 지 오래였다.

너무 늦게 도착했던 것이다.

'아, 이제부터 내 지위는 없구나.'

고양이는 너무 허탈한 나머지 땅바닥에 주저앉고 말았다.

이게 다 쥐의 교활한 짓 때문이야 생각하자 눈에 파란 불이 돌 정도로 분노가 솟구쳤다. 눈에 띄기만 하면 당장 한입에 물어 내동댕이치고 싶었다.

쥐가 감히 고양이 앞에 얼굴을 내밀 수 없게 된 것은 바로 이런 연유에서다. 또한 이 대회 이후 열두 마리 동물로 대표되는 십이지에서 쥐가 제일 첫 번째로 오고, 고양이는 아예 그 속에 끼지도 못하게 된 것도 다 이런 일이 있었기 때문이다.

죽비소리 | 어떤 사람이 선행을 하여 공덕을 쌓았다 하더라도 그 밑바닥에 신앙심이 없어 의심을 한다면 결코 깨달음의 꽃을 피울 수 없다. 믿음이란 우리 인생의 산 힘이요, 우리가 바라는 것들의 실상이며, 확신이다. 그러므로 마음이 곧 부처며 법이므로 이 마음만 깨달으면 부처가 될 수 있다는 믿음 위에서 우리의 삶은 전개되어야 한다. 이것이 올바른 불자로서의 삶이다.

계모를 감동시킨 아들

  중국 진나라 때 민손이란 사람이 있었다. 그는 어렸을 때 어머니를 잃고 계모의 손에서 자랐다. 그런데 민손의 계모는 우리나라 민간 설화인 「콩쥐팥쥐」에 나오는 계모만큼이나 악독한 여자였다.

  그의 새어머니는 추운 겨울에, 자기가 낳은 자식에게는 솜을 넣어 옷을 만들어 입히면서도 민손에게는 거친 갈 꽃을 넣은 옷을 만들어 입혔다. 추위에 떨면서도 민손은 그런 계모에게 불평 한 마디 없이 지냈다.

  추운 어느 겨울날이었다.

  민손이 외출하는 아버지와 동행하게 되었다. 민손과 아버지는 마차를 타고 갔다. 그 마차를 민손이 직접 몰았다.

  그런데 한참 달리던중 민손이 그만 말고삐를 놓치고 말았다. 날

씨가 어찌나 추웠던지 몸이 꽁꽁 얼어붙었던 탓이었다.

그러나 이런 사정을 모르는 그의 아버지는 노여워하며 아들을 꾸짖었다.

민손은 자신이 입은 옷이 너무 얇아서 몸이 얼어붙어 그랬노라고 변명을 하지 않았다.

만일 그런 말을 하게 되면 계모에게 화가 미칠까봐서였다. 그의 아버지는 계모가 전처의 자식에게 그런 짓을 하고 있는 것을 모르고 있었던 것이다.

민손이 잠깐 한눈을 팔았다고 변명했지만, 아무래도 이상한 낌새를 알아차린 아버지는 민손의 초라한 행색을 눈여겨보게 되었다. 그날은 별다른 일이 없이 넘어갔다.

그러나 아버지는 자신이 가정에 무관심했던 것을 깨닫고는 차차 계모의 행동을 눈여겨 관찰하기 시작했다. 그리하여 아내가 그동안 민손에게 했던 포악한 행동을 알게 되었다. 아버지는 크게 노하여 계모를 내쫓기로 결심했다.

그러자 민손이 아버지에게 매달리며 애원했다.

"아버지, 제발 참으십시오. 그 일만은 거두어 주십시오."

"너는 너를 그토록 못살게 군 네 어머니가 원망스럽지도 않느냐?"

민손이 대답했다.

"어머니가 계시면 한 자식만 추우면 되지만, 안 계시면 세 자식이 추위에 떨어야 합니다. 아무쪼록 용서하여 주십시오."

민손의 아버지는 그 말에 감동하여 계모를 내쫓지 않았고, 계모도 민손의 마음씨에 감동하여 그 후로는 좋은 어머니가 되었다.

죽비소리 | '대지의 곡식을 다 주고 강물을 다 준다 해도 배를 채우는 것은 한 줌의 곡식이며 갈증을 달래주는 것은 한 사발의 물'이라고 했다. 이 말은 물질의 풍요를 부정하려는 것이 아니라 끝없는 욕망 때문에 인생에서 가장 소중한 행복의 마음을 잃어버리는 어리석음을 경계한 것이다.

겸손의 미덕

조선 영조시대 때 경기도 장단에 이종성이라는 노인이 살고 있었다.

그는 암행어사를 거쳐 형조판서 등 좌의정 영의정까지 올랐다가 사직하고 시골 향리에 내려와 한가한 생활을 즐기고 있었다.

어느 무더운 여름날 이 정승은 동자를 데리고 낚시를 하다 점심 때가 되어 개울가 주막에 가서 집에서 싸들고 온 밥을 먹고 있었다.

그때 마침 새로 부임하는 원님 행차가 이 주막집을 지나게 되었다. 그런데 원님도 시장기를 느꼈는지 말에서 내려 시골 노인네와 동자 아이가 점심을 먹는 것을 보더니,

"늙은이, 자네가 먹는 밥이 무언가?"

"보리밥이라 하오."

"그렇다면 나도 맛 좀 볼 수 있겠는가?"

"그렇게 하시구려."

이 정승은 자기가 먹던 보리밥을 원님에게 한 숟갈 떠주었다. 원님은 그 보리밥을 입 속에 넣고 우물우물하더니 홱 뱉으며,

"새로 부임하는 신임 사또한테 이런 것을 밥이라고 주다니!"

하며 화를 냈다.

다음 날 이 정승은 하인을 시켜 신임 수령한테 가서 정승께서 만나자는 말을 전하도록 했다.

그리고 이 정승은 자기를 찾아와 뜰 아래서 절을 올린 뒤 엎드려 있는 수령에게,

"고개를 들어 나를 보시오."

원님이 마침내 정승의 얼굴을 올려다보았다. 그런데 이게 웬일인가. 정승이란 분은 어제 부임길에 보리밥을 떠주던 허름한 촌부가 아니던가. 그제서야 원님은 그 자리에 무릎을 꿇으며,

"존귀한 분인 줄 몰라 뵙고 죽을 죄를 졌습니다. 한 번만 용서해 주십시오."

"그대는 백성을 다스리는 막중한 책임을 맡고 부임한 고을 수령으로서 백성들이 먹는 보리밥을 밥이 아니라고 뱉어 버리니 어찌 백성들의 사정을 제대로 다스릴 수가 있겠는가. 그와 같은 사치스러운 생각을 갖고 있는 수령은 필시 백성을 도탄에 빠지게 하여 국사를 그르치게 할 것이 불 보듯 뻔한 일이다. 이 길로 부임을 단념하고 그대 온 길로 다시 돌아가도록 하라."

원님은 이 정승의 추상 같은 호령에 말대꾸 한 번 해보지 못하고 보따리를 싸가지고 돌아가고 말았다.

죽비소리 | 부처님은 '지금 당장 과보가 없다는 말을 하지 말라. 단지 때가 안되었을 뿐이다'고 하셨다. 악과 부정에 대한 단죄의 과보를 현세에 안받는다 하더라도 그 과보가 언젠가는 자신에게 이르게 된다는 것이 인과응보의 법칙임을 깨달아 우리 모두 스스로의 몸가짐을 올바로 지녀야 하겠다.

부자의 깨달음

옛날 어느 나라에 사는 왕이 하루는 궁궐에서의 생활이 너무나 심심하여 시종 한 사람만을 데리고 몰래 궁 밖으로 구경 나갔다. 여기저기 구경을 마친 왕이 흐뭇한 마음으로 길가에 있는 바위에 앉아 쉬고 있을 때였다. 마침 고개를 돌려 주위의 경치를 살피던 왕의 눈에 한 웅장한 집이 들어왔다.

"아니, 저 집은 누구의 집이기에 저리 웅장하단 말이냐? 내 이렇게 웅장한 집은 처음 보는 것 같도다."

그러자 시종은 아는 데로 아뢰었다.

"저 집 주인은 나라에서 제일 가는 부자라고 하옵니다. 그 사람은 날마다 부자들과 노름을 하거나 술 마시고 노는 게 일이라고 하옵니다."

왕은 시종의 말을 듣자 마음이 언짢았다.

'저 집 주인은 가난한 사람들이 어떻게 살고 있는지 전혀 모르겠지. 옳지, 내가 한번 저 집 주인을 골려 줘야겠다.'

다음 날이었다.

누더기 옷을 걸친 웬 거지가 부잣집 대문을 두드렸다. 처음에는 조용히 두드렸으나 아무리 두드려도 반응이 없자 거지는 발로 대문을 걸어찼다.

하인이 놀라서 뛰어나왔다.

"주인을 만나게 해 주십시오."

"아니, 거지 주제에 우리 나리는 왜 찾고 난리야? 썩 꺼지지 못해!"

"너무 그러지 마십시오. 한푼을 구걸하더라도 높은 분께 얻어먹으려고 그런다오."

"정말 배짱 좋은 거지로군 그래. 그렇지만 그렇게는 안 되겠다. 이 거지야!"

이때 자기 집 앞에서 소란을 떠는 소리에 화가 난 부잣집 주인이 밖으로 나오다가 거지와 눈이 마주쳤다.

"아이고 훌륭하신 영감님! 좀 도와주십시오."

그러나 돈 많은 주인의 입에서는 욕지거리부터 나왔다.

"뭐라구! 나는 거지만 보면 두드러기가 생기는 사람이다, 어서 썩 꺼지지 못해, 이 거렁뱅이야!"

거지는 이러한 모욕에도 아랑곳하지 않고 자꾸 애걸했다.

"저는 이틀이나 굶었습니다. 혹 어르신께서 먹다 남은 음식이라도 있으면 좀 주시지요."

그러자 부잣집 주인은 다시 욕설을 퍼부으며 말했다.

"없어, 없어. 이 자식을 그냥! 너 같은 놈에게 줄 음식이 어디 있냐? 썩 꺼져 임마. 너 정 안 가고 버티면 사람을 불러 끌어낼 거야 알았어? 빨리 꺼지란 말야!"

그러더니 부자와 하인은 대문을 꽝 닫고 안으로 사라졌다. 더 이상 어쩔 도리가 없었다. 거지는 입고 있던 누더기 옷을 벗고는 샛길을 통해 궁 안으로 들어갔다. 이 거지는 바로 왕이었던 것이다.

그 후 사흘째 되는 날이었다.

보석이 주렁주렁 달린 옷을 입고 웬 사람이 부잣집에 나타났다. 부자는 얼른 뛰어나와 반기면서 악수를 청했다.

"아이고, 그래 어디에 사시는 귀한 분이십니까?"

그러더니 대답도 듣지 않고 하인을 불러 술자리를 준비하라고 시킨 다음 공손한 태도로 그에게 식사를 권했다.

그런데 이상한 일이 벌어졌다. 그 사람은 차려 놓은 음식은 거들떠보지도 않고 자기가 입고 있는 보석이 주렁주렁 달린 옷을 한쪽 한쪽 잡아뜯는 것이 아닌가. 그러자 부자는 그를 말리며 말했다.

"선생, 왜 이러십니까? 무슨 불편한 점이 있다면 말씀해 주시지요."

그 사람이 말했다.

"당신은 사람을 보고 음식을 대접한 것이 아니로군요. 나는 사흘 전에 누더기 옷을 입고 왔던 거지요. 그때는 빨리 꺼지라고 호령하더니 좋은 옷을 입고 왔더니 내게 산해진미를 대접하며 어서 먹기를 재촉하는구려."

정말 그 말대로 보석이 달린 옷을 뜯겨 나가자 누더기 옷이 나타났다.

부자는 눈이 휘둥그레지면서 오늘의 귀빈이 사흘 전의 거지였음을 알고는 얼굴이 홍당무가 된 채 아무 말도 못하고 멍하니 그의 얼굴만 쳐다보았다.

거지로 가장한 왕은 엄숙한 목소리로 부자를 꾸짖었다.

"당신이 나를 어떻게 생각할는지 모르지만 나는 부자이기도 하며 또한 거지이기도 하오. 그러나 정확히 말하자면 이 두 가지 모두 틀렸소. 나는 이 나라의 왕이오."

부자는 이 말을 듣고 너무나 놀라서 얼굴이 새파랗게 질렸다. 부자는 곧 땅바닥에 무릎을 꿇고 살려 달라고 애원했다.

"제가 죽일 놈입니다. 폐하, 부디 저를 너그러이 용서해주십시오. 오늘 일을 교훈 삼아 앞으로 다시는 이런 일을 않겠사옵니다."

'음, 이만하면 혼쭐났겠지.'

부자의 말을 듣고 있던 왕은 입가에 미소를 띠우며 고개를 끄덕였다.

"그렇게 잘 깨달았으니 앞으로는 부디 못사는 사람들도 헤아리며 살게."

"예 예, 여부가 있겠습니까."

죽비소리 | 우리의 배움터는 비단 학교만이 아니다. 조금만 귀를 기울이면 우리 사회의 구성원 모두가 나의 스승임을 깨달을 수가 있다. 옳은 것이든 나쁜 것이든 남의 행동을 보고 자신의 행동의 지표로 삼을 수 있을 때 그것들은 모두 우리의 산 공부가 될 것이기 때문이다.

거위의 지혜

어느 날 여우가 들판에 나가 보니 먹음직하게 살이 찐 거위들 한 떼가 모여 있었다. 그것을 본 여우는 좋아서 속으로 킬킬대며 혼잣말을 중얼거렸다.

"이건 뭐 잔칫상에 초대라도 받은 것 같군 그래. 이렇게 먹음직스러운 거위들이 한 곳에 모여 있으니 곶감 빼먹듯 한 마리씩 차례로 잡아 먹으면 되겠군."

갑자기 여우를 만난 거위들은 놀라 외마디 소리를 지르는 놈도 있었고, 날개를 푸드덕거리거나 그 자리에 주저앉아 자기 신세를 한탄하는 놈도 있었다. 또한 여우 앞에 나가 무릎 꿇고 살려달라고 애원하는 놈도 있었다.

그러나 여우는 그러한 애원 같은 것은 들을 생각도 하지 않았다.

"자비란 있을 수 없는 일이다. 너희들은 오로지 죽어서 나의 맛 좋은 밥이 되는 수밖에 달리 도리가 없지."

그러자 그 중 거위 한 마리가 용기를 내어 말했다.

"좋습니다, 여우님. 우리들은 아직 꽃다운 나이들로서 저희들의 뜻을 채 펴 보기도 전에 죽어 여우님의 음식이 되어야 한다면 너무 억울하지 않겠습니까? 마지막으로 참회의 기도나 드리고 죽게 해 주십시오. 기왕 죽는 마당인데 지은 죄를 용서받을 기회만이라도 주십시오. 면죄도 받지 못하고 죽는 다면 얼마나 원통하겠습니 까? 기도를 마치고는 일렬로 늘어서 드릴 테니 통통하게 살찐 거 위부터 마음대로 골라 잡수십시오."

"그러자 꾸나."

여우는 느긋한 기분으로 대답했다.

"그것은 어려운 청이 아니지. 그렇게 마지막으로 참회할 시간을 달라고 하는데 박절하게 거절할 수야 없는 일이지."

그리하여 모든 거위들은 마지막 참회의 기도를 드리기 시작했다.

첫째 거위의 기도가 끝나기 전에 둘째와 셋째 거위의 기도가 시 작되었다.

"꽥꽥……꽥꽥……꽥꽥꽥."

넷째, 다섯째, 그러다가 거위들은 제 순서를 가리지 않고 모두 들 한꺼번에 꽥꽥거렸다. 그런데 문제가 생겼다. 이 거위들의 기 도가 끝나야 약속대로 여우는 거위를 잡아먹을 수 있을 터인데, 거위들의 꽥꽥거리는 마지막 기도 소리는 끝날 기미가 안 보였다.

꾀가 많다고 알려진 여우도 이처럼 미련하게 보이는 거위들의 꾀에 속을 때가 있었다. 기회가 오면 놓치지 않는 것 또한 세상을 살아가는 지혜이다.

죽비소리 | 자신에게 주어진 일에 만족하고 그 일을 소중히 생각하며 항상 능동적으로 자신의 삶을 이끌어가는 사람은 어떠한 위치에 처하더라도 진정한 주인으로 살아갈 수가 있을 것이다.

4
자비의 연못

사슴의 한탄

사슴 한 마리가 우물가에서 놀고 있었다. 그러다가 사슴은 우물에 비친 자신의 모습을 볼 수 있었다. 자신의 모습은 참으로 아름다웠다.

얼룩덜룩 바둑무늬가 놓여진 등허리도 그렇지만, 특히 자기의 머리에 금관처럼 씌어진 아름다운 뿔들은 더욱 아름다웠다. 그래서 사슴은 매우 흡족한 마음으로 중얼거렸다.

"과연 나는 이 세상에서 가장 잘난 동물이야. 이보라구, 머리에 쓴 이 뿔은 임금님이 쓴 금관보다 낫지 않아."

사슴은 다시 우물에 자신의 모습을 비춰 보았다. 그런데 그는 다음 순간, 자신의 다리를 보고서 짜증스럽게 얼굴을 찌푸렸다. 뿔은 아름다웠지만, 다리는 너무 가늘고 길어서 조금도 모양새가 없었던 것이다. 그때 어디선가 사자 한 마리가 '어흥!' 하고 소리를 지르며 다가왔다. 사슴을 잡아 먹으려는 속셈이 분명했다. 그러자 사슴은 깜짝 놀라 숲이 우거진 산 속으로 날렵하게 도망쳤다.

사슴이 어찌나 빠르던지 사자는 따를 수가 없었다. 사슴이 산 속으로 얼마만큼 달아났을 때, 산에는 나무들이 빼곡이 들어차 있었다. 사슴이 그 나무 사이로 달아나려 하자, 머리에 달린 뿔이 나무에 걸려 좀체로 빨리 빠져나갈 수가 없었다.

어느 사이, 사자가 바짝 뒤쫓아 오고 있었다. 그러자 사슴은 슬피 울면서 한탄했다.

"그토록 짜증스럽던 다리는 나를 구해주려고 하는데 아름답던 뿔은 나를 죽이려고 하니, 알 수 없는 일이로구나. 흐흐흐."

죽비소리 | 권력과 재산을 가진 사람들 중에는 남들이 자신을 따르고 받드는 것이 재산과 권력 때문인 줄 모르고 착각을 하는 경우가 많다. 그 행위에 따라서 바라문도 되고 미천한 사람도 된다는 부처님 말씀을 마음속에 새겨 참으로 귀한 것과 천한 것을 가릴 수 있는 지혜를 가져야 하겠다.

생각의 전환

옛날에 한 목동이 살았다. 그는 무엇을 묻던지 간에 지혜로운 대답을 하기로 유명해, 그 이름이 널리 알려지게 되자 후에 그 나라 임금의 귀에까지 들어갔다.

임금은 믿어지지가 않아 직접 목동을 불러와 말했다.

"만일 내가 묻는 세 가지 문제를 제대로 대답하면 내 아들로 삼아 궁전에서 살게 하겠다."

그러자 목동은 주저 없이,

"그 세 가지 문제란 무엇이옵니까?"

하고 물었다.

"첫 번째 문제는 바다에는 물이 몇 방울이나 있느냐 하는 것이다."

그 물음에 목동은,

"임금님, 지구상의 모든 강을 막으시고 제가 물방울을 다 헤아릴 때까지 한 방울도 흘러 들어가지 못하게 해주신다면 바다에 몇 방울이 있는가를 알려드리겠습니다."

"그래 좋다, 다음 문제는 하늘에 별이 몇 개나 있느냐 하는 것이다."

그러자 목동은,

"임금님, 커다란 흰 종이 한 장을 주십시오."

하고 말했다. 임금이 종이를 가져다 주자, 목동은 그 위에 펜으로 굉장히 많은 점을 찍었다. 점들은 너무 작아서 잘 보이지도 않고 헤아릴 수도 없을 뿐만 아니라 그것을 보기만 해도 눈이 어지러울 뿐이었다. 그리고 나서 목동은 말했다.

"이 종이에 있는 만큼 많은 별이 있습니다. 세어 보십시오."

그러나 임금은 물론 신하들도 셀 수가 없었다. 임금이 또 말했다.

"세 번째는 영혼 속에는 몇 초가 있느냐 하는 것이다."

그러자 목동이 하는 말이,

"힌터포메라는 나라에 다이아몬드라는 산이 있습니다. 이 산의 높이는 2마일 반이고 너비도 2마일 반, 깊이도 2마일 반입니다. 그런데 백 년마다 한 마리 새가 와서 이 산에 대고 부리를 간다고 하면, 그 때문에 온 산이 없어질 그 때가 영원의 첫 초가 지났을 것입니다."

이 말을 듣자 임금은 말했다:

"너는 그 문제에 마치 현인처럼 훌륭한 대답을 했구나. 이제부터 나하고 이 궁전에서 살자. 내 친히 너를 친아들처럼 여겨주마."

수수께끼를 푼다는 것은 쉬우면서도 어려운 일이다. 풀기 어려운 난제에 부딪힐 때일수록 생각의 전환이 필요하다.

죽비소리 | 어리석은 사람과 현명한 사람과의 차이는 우리들의 일상생활에서도 쉽게 찾아볼 수 있다. 현명하지 못한 사람은 이미 일어났던 일만을 되돌아보고 검토할 따름이지만, 지혜로운 사람은 앞으로 닥칠지도 모를 위험에 대비하여 늘 염려하는 사람이다. 이러한 생각의 차이는 긴 시간을 두고 볼 때 인생의 승패까지도 좌우하게 된다. 그러므로 우리들에게는 앞으로 일어날 수도 있는 일들에 대해 사전에 예상하는 지혜가 필요한 것이다.

아이와의 약속

공자의 제자 중에 증자라는 사람이 있었다. 증자는 공
자의 가르침을 계승하여 후세에 전한 사람으로, 유교사상사에 중
요한 위치를 차지하고 있다.

하루는 증자의 아내가 시장을 보러 가려는데 아이가 울면서 따라
가려 했다. 시장에서 찬거리 등 물건을 사가지고 돌아와야 하기 때
문에 아이를 데리고 가면 불편하고 힘들 것 같아 증자의 아내는 어
떻게 해서든지 아이를 데려가지 않으려고 했다. 그래서 증자 아내
는 막무가내로 매달리는 아이에게 사탕발림의 약속을 하고 말았다.

"집에 가 있거라 엄마가 시장에 다녀와서 돼지를 잡아 맛있는
고기를 먹게 해줄 테니, 집에서 얌전히 집 잘 보고 있거라. 아버지
가 돌아오시면 문을 열어드리고, 알았지?"

그렇게 아이를 겨우 달래 놓고 증자의 아내는 시장을 다녀왔다.

그러자 집에 돌아온 그녀는 꽥꽥거리는 돼지 울음소리에 깜짝 놀라지 않을 수 없었다. 남편인 증자가 돼지를 잡으려 하고 있었던 것이다. 깜짝 놀란 그녀가 남편의 팔을 붙잡으며 물었다.

"아니 여보, 지금 무슨 일을 하고 있는 거예요? 돼지가 얼마나 귀한데, 이렇게 돼지를 잡으시면 어찌한단 말입니까? 그것도 얼마 남지 않은 돼지를, 갑작스레 왜 잡으려 하신 단 말입니까?"

증자가 아내의 팔을 뿌리치며 말했다.

"당신이 아이에게 돼지를 잡아서 맛있는 고기를 먹게 해주겠다고 약속을 하였다는 말을 듣고, 그 약속을 지키려고 하던 중이오."

그러자 증자의 아내가 얼굴색이 변하며 기어 들어가는 목소리로 변명했다.

"아닙니다. 저는 그저 따라가겠다고 울며 매달리는 아이를 떼어놓기 위해 급한 김에 되는대로 한 말이라구요. 그런 이야기를 곧이곧대로 믿고 돼지를 잡으려고 하시다니요."

그러나 증자는 다시 정색을 하고 말했다.

"아이들에게 그런 실없는 농담을 해서는 아니 되오. 부모에게 여러 가지를 배우려고 하고 있는 아이들에게 거짓말을 하면 그 애들이 거짓말하는 것을 배우게 될 게 아니오. 거짓말인 줄 알면 어미인 당신도 믿지 않으려 할 것이오."

그렇게 말하고는 증자는 만류하는 아내를 뿌리치고 아이와 약속한 대로 돼지를 잡아 구워먹었다.

죽비소리 | 우리 인생의 길이는 거의가 비슷하다. 그러나 삶에 지

친 사람, 초조한 사람, 무엇 때문에 살고 있는지도 모르고 그저 먹고 살기 위해서 일하고 있는 사람, 그와 같이 지루한 생활을 하고 있는 사람에게는 인생이 매우 길 것이다. 반면에 같은 인생이라도 자기가 사는 참된 목적을 알고 노동을 사는 보람으로 생각하며 뭔가를 창조하려고 노력하는 사람에게는 오히려 그 세월이 짧게 생각될 것이다. 하루하루의 일을 즐거움으로 만들고 미래의 행복을 위해 주어진 일을 만족스럽게 생각하며 성실하게 사는 사람, 이런 사람들에게는 인생이 결코 길고 멀게 느껴지지 않을 것이다.

아버지의 가르침

어느 농부가 아들 셋을 낳았다. 그런데 그 아들들은 자라면서 서로 싸우고 다툼질을 했다. 농부가 아들들에게 그러지 말라고 타일러도 아들들은 듣지 않았다.

농부는 아들들이 걱정이 되었다. 그러던 어느 날, 농부는 병이 들어 눕게 되었다. 농부는 자기가 죽기 전에 아들들의 마음을 고쳐 놓아야 하겠다고 생각했다.

농부는 아들 셋을 불러들였다. 그리고 나뭇가지 열 개를 준비하도록 지시했다.

농부가 맨 위의 큰아들에게 먼저 말했다.

"얘야, 네가 먼저 이 나뭇가지들을 한꺼번에 꺾어 보아라."

농부는 큰아들에게 나뭇가지 열 개를 주었다. 큰아들은 아버지의 말에 따라 나뭇가지 열 개를 한꺼번에 꺾으려 했지만, 나뭇가지는 꿈쩍도 안 했다.

둘째 아들도 셋째아들도 마찬가지였다.

농부는 이젠 아들들에게 나뭇가지를 하나씩 꺾어보라고 말했다.

아들들은 나뭇가지를 금방 꺾어버렸다.

그러자 농부는 아들들에게 엄숙히 타일렀다.

"세상의 이치도 그런 거란다. 너희들이 힘을 합쳐 살아간다면 어느 누구도 너희들을 꺾지 못할 것이다. 하지만 너희들이 뿔뿔이 흩어져 싸움질이나 계속한다면, 너희들은 금방 살아 남지 못하고 나뭇가지 하나처럼 꺾이고 만다는 것을 알아야 한다."

죽비소리 | 가족과 이웃과 사회를 버리고 오직 신에만 매달리는 것이 참종교인 줄 착각하는 사람들이 있다. 이웃을 사랑할 줄 모르는 사람이라면 신을 믿는다는 말을 해선 안된다. 그것은 신을 가장 모독하는 말이다.

여우의 재치

　어느 산 속에 늙은 호랑이 한 마리가 살고 있었다.
그 호랑이는 기운이 없어 먹이를 찾는 일도 쉽지 않았다.

　하루는 호랑이가 배가 몹시 고파 더 이상 참을 수 없게 되자 동
굴에서 기어 나와 먹을 것을 찾으러 이리저리 돌아다녔다. 아무리
돌아다녀도 개미새끼 한 마리도 구경을 못하고는 '어이구, 이젠
굶어 죽겠구나' 하던 차에 운 좋게도 여우 한 마리를 발견하게 되
었다.

　'역시 부처님은 나를 버리시지 않았구나. 이게 얼마만이냐 오늘
은 저 여우 덕에 포식하게 생겼구나. 어이구, 먹음직스러운 것!'

　늙은 호랑이는 군침을 질질 흘리며 곧바로 여우를 먹어 치우려
고 했다. 그런데 어떻게 된 일인지 보통 때라면 놀라서 기절해야
마땅한 여우가 꼼짝도 안 하는 것이었다. 아니 무서워하는 게 아

니라 오히려 큰 소리로 호랑이에게 호통을 치는 것이었다.

"너는 솔직히 나보다 담력이 작아. 네가 아무리 동물의 왕이라고 으스대지만 너는 별 볼일 없는 거야. 그리고 굳이 네가 나를 먹어 치우겠다고 한다면, 그 전에 이거 하나만은 분명히 알아 둬야 해!"

여우는 말을 할수록 더욱 위세가 당당해지고 있었다. 아예 훈계를 늘어놓는 것이었다.

"부처님은 백수의 왕으로 나를 보내셔서 동물의 왕이라고 자처하고 다니며 힘만 쓰는 너같이 한심한 짐승을 타이르라고 하셨지. 그러니 나를 먹어 치운다면 부처님이 너를 가만 두지 않을 것이다. 무슨 소린지 알겠느냐?"

"너 감히 내 앞에서 무슨 허튼소리를 하고 있는 게야? 듣자듣자 하니까 이제 머리 꼭대기에 서려고 하는구나."

늙은 호랑이는 있는 힘을 다해 호통쳤지만, 내심 자신의 무능함에 비해 여우 녀석이 똑똑하다는 생각이 들었다.

'정말로 저 녀석을 부처님이 보내신 걸까?'

여우는 늙은 호랑이가 자신 없어 하는 것을 보고는 호랑이 코에 얼굴을 바짝 들이밀고 의기양양한 목소리로 말했다.

"만일에 내 말을 못 믿겠다면, 너에게 내 말이 진심임을 증명해 주겠다."

그러고는 호랑이에게 제안을 했다.

"지금 나와 같이 산꼭대기에 올라가 보자. 너는 다른 짐승들이 나에게 어떻게 대하는지 잘 살펴보기만 하면 돼. 그러면 내가 지금 너에게 허풍을 떨고 있는 것이 아니라는 걸 알게 될 테니까 말야."

이렇게 하여 여우는 늙은 호랑이를 앞세우고 산으로 올라갔다. 그들이 산꼭대기에 이르자 그 곳에 모여 있던 짐승들이 모두 놀라서 안절부절못하고 어쩔 줄을 몰라 여기저기로 도망치느라 바빴다. 그러자 여우가 호랑이를 향해 말했다.

"자, 어떠냐. 나의 위풍이 어떠한지 똑똑히 보았겠지?"

늙은 호랑이는 이상한 느낌이 들었으나 여우에 대한 짐승들의 태도를 보고 그의 말을 믿지 않을 수 없었다. 이리하여 여우는 호랑이의 권세를 임시 변통함으로써 호랑이의 밥이 되는 것으로부터 벗어날 수 있었던 것이다.

죽비소리 | 인간의 진정한 화합과 행복은 자기를 칭찬하고 남을 비방하거나 남으로 하여금 타인을 헐뜯게 하는 일을 하지 않는데서 비롯된다고 했다. 우리는 이제부터라도 남의 결점을 입 밖에 내기 전에 자신의 결점을 먼저 생각하고 반성하는 자세를 지녀야 할 것이다.

인색한 노인

옛날 한 고을에, 젊은 시절부터 열심히 일해서 많은 돈을 모았으나 베풀줄 모르는 인색한 노인이 있었다. 그는 멀리서 친척이나 친구가 찾아와도 밥 한 그릇 내오는 법이 없었다. 이렇듯 인색하여 이웃은 물론 친척들에게도 멀어지게 되었다.

그러던 어느 날 형조에서는 그 노인을 '인색하기가 극에 달하였으며 인륜을 모르는 자'라 하여 본보기로 잡아 가두어 버렸다. 옥에 갇힌 지 일 년이 되어도 이웃은 물론 친척조차 그 노인을 걱정해 주는 이가 없었다.

그러나 다만 조카 한 사람만이 저녁으로 옥문 앞에 와서 살펴보고 극진히 봉양했다.

후에 그 노인이 옥에서 풀려나자 그제서야 자신의 잘못을 깨달은 듯 일가 친척들을 모두 불러 놓고 종이와 필묵을 가져오게 했다.

"내가 곤경에 처했을 때 이 아이가 나를 봉양한 공이 있음은 여러분도 잘 알고 있을 것이오. 그 공을 갚자고 하면 비록 살을 깎아도 아깝지 않으니, 붓을 잡고 내가 부르는 대로 적기 바라오."

라고 말하며 조카에게 붓을 들게 하였다. 글의 첫머리에는 조카의 정성을 치하하고, 정성에 보답하려면 재물을 다 주어도 아깝지 않다는 등 칭찬의 말을 적게 하더니 한참 있다가 큰 소리로 말하기를,

"내 훗날 조카를 위해 크게 쓸 것이니, 우선 지금은 말 한 필과 암탉 한 마리를 주겠다."

그리고 웬일인지 잠시 또 생각에 잠기더니, 이젠 일어나 앉으면서 말을 이었다.

"아니 그렇게 적지 말게. 아침에 닭이 알 낳으려는 소리를 들었으니, 그 닭을 너에게 줄 수 없다. 대신 수탉 한 마리로 고쳐 써라."

하고는 쓰던 것을 중지시키고 다시 말했다.

"우리집 수탉은 새벽마다 잘 울어서 이르고 늦음이 꼭 맞는데 너에게 주기가 아깝구나."

노인은 차츰 인색한 본심을 드러내며 조카에게 주겠다던 재물을 줄여가더니, 결국은 아무것도 주지 않았다.

그 후 노인은 남에게서 무고를 당해 황해도 어느 산골로 귀양가서 아무도 돌보는 이 없이 지내다가 쓸쓸하게 생을 마감하였다고 한다.

죽비 소리 | 사람의 인격은 순간의 행위나 말, 그리고 얼굴의 빛깔

에서도 나타난다고 한다. 특히 남을 대하는 행동에서만큼 자신의 인품을 잘 나타내는 경우는 없다고 한다. 아주 작은 구멍을 통해서도 햇빛이 새어들듯이 우리들의 사소한 말 한마디가 우리 자신의 인격을 드러내고 있다는 것을 잊어서는 안되겠다.

작은 은혜

중국 한나라에 세 사람의 출중한 인물 중 한 사람으로 알려진 한신 장군이 태조 유방을 도와 천하통일의 공이 컸음에도 불구하고 큰 뜻을 펴지 못하고 매우 곤궁한 생활을 하고 있을 때였다.

그는 항상 성 아래로 내려가 낚시질로 소일하면서 때가 오기를 기다리고 있었다. 그의 생활은 굶주리기가 일쑤였다.

그런데 낚시터 부근에서 빨래하던 한 부인이 한신의 어려운 처지를 딱하게 여겨서 만날 때마다 밥을 주어 굶주림을 면하게 해주었다.

그 부인 자신도 가난한 살림인데 번번이 끼니를 나누어 주는 그 마음에 감격한 한신은,

"다음에 반드시 고마운 은혜를 후하게 갚아드리리다."

하고 말하고 나자 그 부인은 도리어 언짢은 표정으로,

"변변치 않은 걸 가지고 어찌 갚아주기를 바라겠습니까?"

그 후 세월이 흘러서 한신은 초왕에 책봉되었다.

그는 지난날 자기에게 베풀어 준 그 부인의 은혜를 잊지 않고서 시종들을 시켜서 맛 좋은 음식과 황금 천 냥을 보내어 은혜에 후하게 사례케 하였다.

'일반천금'이란 말은 여기서 비롯되었는데, 아무리 작은 은혜라도 결코 잊지 말라는 교훈이 담겨져 있다.

사람이 어려울 때일수록 더욱 고맙고 감사해야 할 값진 교훈임을 일깨워 주는 말이다.

세계적인 석학 아놀드 토인비는 그의 글에서, 사랑이란 말은 '주고 싶다 도와주고 싶다'라는 욕망이요 또 하나는 '빼앗고 싶다. 이용하고 싶다'는 욕망을 뜻한다고 했다.

이 말을 잘 음해 보면, 오늘날 우리 사회는 '빼앗는 사랑'에는 익숙해 있지만 '주는 사랑'에는 너무나 인색하다는 이야기가 된다.

옛날 우리 선조들의 인심은 울안에 있는 감나무라 하여 내 집 사람만 다 먹은 것이 아니라 내 집에 날아드는 까치에게도 나누어 준다는 보시정신이 있었다.

그래서 꼭 감나무에는 다 따지 않고 한두 개씩의 홍시 감을 남겨 놓았던 것이다.

죽비소리 │ 마음이 삿되려 할 때 그것을 따르지 말고, 마음이 음탕하려 할 때 그것을 따르지 말며, 마음이 약해지려 할 때 그것을 따르지 말라. 마음을 잘 단속하여 마음이 사람을 따르게 하지 사람이 마음을 따르게 하지 말라. 마음은 사람을 죽이기도 하고 부처가 되기도 하니, 이 세상 모든 것은 다 마음이 만들어낸다.

청개구리의 말 실수

깊고 깊은 산골에 한 신선이 살고 있었다. 이 신선이
맡은 일은 하늘 아래 사는 모든 동물들의 생활을 관리하는 일이었
다. 따라서 동물들이 어디에서 살며 무엇을 먹고 사는지 살피는
것이 이 신선의 일이었다.

그러나 처음부터 그에게 동물들이 무엇을 먹고 어떻게 사는지
살피는 일이 주어진 것은 아니었다. 동물들은 모두 어떻게 먹고
살아야 하는지 몰라 우왕좌왕했으나 딱히 물어볼 대상이 없었다.
동물들은 모두 배가 고파서 풀이 죽어 있었고, 눈만 뜨면 먹고 살
길을 찾아 온 산골을 헤맸다.

어느 날 동물들은 누가 먼저랄 것도 없이 일제히 신선을 찾아갔
다. 더 이상 견디기 힘들었기 때문이다.

"신선님, 신선님은 아시지요? 그렇다면 부디 말씀해 주세요. 우

리가 무엇을 먹어야 굶어 죽지 않을 수 있을까요?"

"좋아! 내일 아침 모두들 다시 이 자리에 오도록 해라. 내가 너희들에게 무엇을 먹어야 하는지 가르쳐 줄테니까."

이튿날 동물들은 신이 나서 신선 앞에 집합했다. 그 가운데서도 뱀은 배가 너무 고팠던지라 기력이 없는 나머지 달팽이보다 더 느리게 기어왔다.

때마침 청개구리 한 마리가 뒤에서 껑충껑충 뛰어오다가 뱀이 그런 꼴로 기어가는 것을 옆 눈으로 흘겨보며 빠른 걸음으로 뱀을 앞질러 갔다. 청개구리는 갑자기 무슨 생각이 났는지 뒤를 돌아보며 비웃는 태도로 말했다.

"기어오는 게 왜 그리 느리십니까, 뱀 선생?"

뱀은 다 죽어 가는 목소리로 대답했다.

"나는 지금 배가 너무 고파서 힘이 하나도 없어. 그래서 빨리 갈 수가 없단다. 그러니 너 먼저 가렴."

그러자 청개구리는 갑자기 실눈을 뜨며 의기양양한 태도로 비아냥거렸다.

"그래요? 그럼 내가 내 엉덩잇살이라도 떼어 줄까? 그거라도 먹으면 기운이 좀 날텐데."

이렇게 한 마디 던지고 청개구리는 번개처럼 사라졌다.

모든 동물들이 신선 앞에 집합했다. 신선은 온 순서대로 동물들에게 누구는 이것을 잡아먹고, 누구는 그것을 잡아먹으라고 일일이 지정해 주었다.

그러다가 청개구리가 도착하자 신선은 청개구리에게도 먹을 것을 지정해 주었다.

"너는 작은 벌레를 먹고 살아라. 알겠지?"

이 말을 들은 청개구리는 기뻐서 어쩔 줄 몰랐다. 그런데 그 순간 갑자기 신선의 눈이 붉어지며 청개구리를 향한 얼굴이 굳어졌다.

"청개구리야. 내가 미처 일러주지 못한 것이 있다. 너 여기로 올 때 혹시 뱀을 만나지 않았느냐?"

"네, 느릿느릿 기어가길래 그냥 쌩하니 지나쳐 왔는데요."

"그래? 그런데 너는 뱀이 느리게 기어오는 것을 보고 비웃었겠다. 또 뱀더러 네 스스로 네 엉덩잇살을 떼어 먹고 배를 채우라고 했다는데 그게 사실이냐?"

질문을 받은 청개구리는 놀라 식은땀을 줄줄 흘리면서 잠시 머리를 굴렸다. 그러나 신선 앞에서 거짓말을 할 수는 없었다.

"그……랬는데요."

그러자 신선은 다음과 같이 단호하게 명령했다.

"나는 네가 말한 대로 뱀의 양식은 너의 엉덩잇살로 정하겠다. 그러므로 오늘 이후부터 뱀이 너를 보면 너의 엉덩잇살을 먹어 치울 것이다."

청개구리는 너무 무서웠다. 구제 요청을 했으나 신선이 이미 말을 뱉은 이상 다시 고칠 수는 없는 일이었다. 그런 까닭으로 지금도 뱀은 청개구리만 보면 잡아서 엉덩이 부분을 먹어 치우는 것이다.

죽비 소리 | 불교에서 가르치는 이상은 누구나 부처가 되는 것이다. 그런데 그 부처라는 의미를 현대어로 풀이하자면 '완전한 인격자'라고 할 수 있다. 즉 위로는 깨달음의 지혜를 구하고 아래로는 중생을 제도하는 지행합일의 완전한 인격자가 바로 부처인 것이다.

황금빛 사슴의 용기

옛날 브라흐마닷다왕이 바라나시에서 나라를 다스리고 있을 때의 일이다.

그 나라의 숲 속에는 태어날 때부터 온통 황금색을 띤 사슴이 있었다. 그는 오백 마리 사슴에게 둘러싸여 숲에서 살고 있었다.

그때 브라흐마닷다왕은 사슴 사냥에 미쳐 사슴고기 없이는 식사를 하지 못했다. 그리고는 백성들을 불러다가 날마다 사슴 사냥을 나가게 하였다. 그러자 백성들은 의논 끝에 궁전 뜰에 우리를 만들어 사슴의 먹이와 물을 마련해 두고 숲에서 사슴 떼를 몰아다 넣었다.

왕은 우리에 갇혀 있는 사슴들을 바라보며 흐뭇해 하였다. 그리고 그 속에서 황금빛 사슴을 보고, 그 사슴만은 다치지 않도록 시종들에게 명령했다. 이때부터 왕은 끼니 때가 되면 혼자 나가 사슴 한 마리씩을 활로 쏘아 잡았다.

사슴들은 활을 볼 때마다 두려워 떨면서 이리 뛰고 저리 뛰다가 화살에 맞아 죽어갔다.

황금빛 사슴은 많은 사슴들이 화살에 맞아 피를 흘리며 신음하는 것을 보고, 의논하여 다음부터는 차례를 정해 이편에서 스스로 처형대에 오르기로 하였다. 다른 사슴들에게 상처를 입히지 않기 위해서였다. 이날부터 왕은 친히 활을 쏘지 않아도 되었고, 자기 차례가 된 사슴은 제 발로 걸어가 처형대에 목을 대고 가로 누웠다. 그러면 요리사가 와서 그 사슴을 잡아갔다.

그런데 하루는 새끼를 밴 암사슴의 차례가 되었다. 이런 사정을 안 황금빛 사슴은 말했다.

"당신은 새끼를 낳은 다음에 오시오. 내가 대신 가겠소."

그리고는 자신이 처형대로 나갔다.

황금빛 사슴이 누워 있는 것을 본 요리사는 왕에게 달려가 그 사실을 알렸다. 왕은 뜰에 나와 황금빛 사슴을 보고 말했다.

"나는 너를 죽일 생각은 없는데 어째서 여기 누워 있느냐?"

"임금님, 새끼 밴 사슴의 차례가 되었기에 내가 대신 죽으려고 합니다."

이 말을 들은 바라흐마닷다왕은 속으로 크게 뉘우치며 말했다.

"나는 너처럼 자비심이 많은 자를 사람들 속에서도 보지 못했다. 너로 인해 내 눈이 뜨이는 것 같구나. 일어나라, 너와 암사슴의 목숨을 살려 주리라."

"임금님, 둘만의 목숨을 건질 수 있다 하더라도 다른 사슴들은 어찌 되겠습니까?"

"좋다, 그들도 구해 주리라."

"사슴들은 죽음을 면했지만 다른 네 발 가진 짐승들은 어찌 되겠습니까?"

"좋다, 그들의 목숨도 보호하리라."

"네 발 가진 짐승은 안전하게 되더라도 두 발 가진 새들은 어찌 되겠습니까?"

"좋다 그들도 보호하리라."

"임금님, 새들은 안전하지만 물 속에 있는 고기는 어찌 되겠습니까?"

"착하도다. 그들도 안전하게 해 주리라."

이와 같이 황금빛 사슴은 왕에게 모든 생물의 안전을 간청하여 눈을 뜨게 한 후 다른 사슴들과 함께 숲으로 돌아갔다.

죽비소리 | 사랑의 마음으로 당신 주위에 있는 한 사람 한 사람과 만난다면, 당신과 그들의 거리가 그렇게 가까웠는지를 깨달을 수 있을 것이다. 원한을 풀수 있는 유일한 힘은 복수가 아니라 '사랑'이다. 살아가면서 반드시 신선한 꽃이나 사랑발림 같은 달콤한 말이 필요한 두터운 감정을 나타낼 수 있다.

총명한 어부

어느 마을에 부자가 있었다.

겨울이었다. 부자는 잉어가 몹시 먹고 싶었다. 그러나 날은 춥고 강은 얼어붙어 잉어를 잡기란 쉽지 않은 일이었다.

부자는 생각 끝에 다음과 같은 내용을 적어 방을 붙였다.

누구든지 반 근짜리 잉어를 잡아 내게 가져오면 요구하는 만큼의 보수를 주겠노라.

어부들은 이 소식을 듣고 저마다 잉어를 잡아 돈을 차지하려고 벼렀다.

드디어 한 어부가 얼음을 깨고 잉어 두 마리를 낚아 올렸다. 어부는 신이 나서 잉어를 넣은 망태기를 들고 부리나케 부자의 집으로 갔다. 문 앞에는 문지기가 서서 안으로 들어오려는 사람들을 조사하고 있었다.

"예, 저는 저 건너 마을에 사는 어부인데 이렇게 잉어 두 마리를 잡아오는 길입니다."

그러자 문지기는 주위를 살펴보더니 어부의 귀에 대고 이렇게 속삭이는 것이었다.

"잉어를 잡아 온 사람이 한두 명이 아닐세. 자네가 보수를 받으려면 한 마리면 될 것이네. 내 말대로 해 보겠나?"

그러자 얼떨결에 그러겠다고 대답하고 말았다. 문지기는 기다렸다는 듯이 말했다.

"자 이렇게 하세. 내가 주인 나리께 자네가 잡은 잉어를 갖다 드리고 보수를 받아 오겠네. 그런 다음 그 보수를 반으로 나누어 가지기로 하세. 내 생각이 어떤가? 보수가 얼마인지는 바로 알려 주겠네."

어부는 그 말을 듣고 문지기의 검은 심보를 금방 알아차렸다.

그러나 문지기가 부자에게 잉어를 잡았다는 사실조차 전하지 않으면 헛일이라고 생각하고 그러겠다고 약속했다.

부자는 문지기로부터 어떤 어부가 잉어를 잡아 왔다는 소식을 듣고는 매우 기뻐했다. 부자는 문지기에게 어부를 데려오라고 지시했다.

"그래, 보수는 얼마나 주면 좋겠소?"

"저는 아무것도 필요 없습니다. 다만 저의 엉덩이를 스무 대 때려 주시면 됩니다."

부자는 뜻밖의 대답을 듣고 놀랐다. 그래서 잘못 들었나 싶어 다시 한 번 물었다. 그러자 어부는 같은 말을 반복할 뿐이었다.

"이유는 묻지 마십시오. 제가 원하는 것은 그것뿐입니다."

부자는 어부가 그렇게 말하고 입을 꾹 다물고 있었기 때문에 더는 묻지 못하고 사람을 불러 매를 치기 시작했다. 어부가 열 대쯤 곤장을 맞고 있을 때였다.

"잠깐. 나머지 열 대는 나리 집 문 앞을 지키는 문지기를 때려 주십시오."

이 말을 들은 부자는 이 일에는 필시 무슨 곡절이 있구나 싶어 물었다.

"아니, 그건 또 무슨 해괴한 말인가?"

그제서야 어부는 일의 자초지종을 이야기했다.

"제가 잉어를 잡아 왔지요. 그런데 이 집 문지기가 보수를 반으로 나누어 갖자느니 보수가 얼마인지 몰래 일러 주겠느니 하지 않겠습니까? 문지기의 말을 듣지 않으면 나리께 잉어를 잡아 왔다는 말을 전하지 않을 듯해서 마지못해 승낙을 했습니다. 그러니까 열 대는 당연히 문지기가 맞아야 하지 않겠습니까?"

부자는 이 말을 듣고 화가 치밀어 올랐다.

"괘씸한지고. 제 주인을 속여먹으려 하다니 내 이놈을 잡아다 혼쭐내야겠다."

문지기는 곧 부자 앞으로 끌려나왔다. 서슬이 퍼런 주인의 얼굴빛을 보고 문지기는 곧 이실직고하였다.

"에이, 이런 고얀 놈. 감히 제 주인에게 사기를 쳐! 저 녀석에게 치도곤을 내리도록 하라."

문지기는 엉덩이에서 피가 날 정도로 맞았다. 부자는 총명한 어부에게 약속한 보수를 주었다.

죽비소리 | 과거에 집착한다든가 미래에 대한 몽상을 한다는 것은 현재의 상실을 의미한다. 과거는 지나간 하나의 경험이므로 현재를 반성하는 발판에 지나지 않는다. 미래 역시 현재에 충실한 결과로써 얻어지는 것이다. 그러므로 삶의 주체가 되는 것은 현재라고 할 수 있다. 대개 사람들은 과거를 못잊어 하거나 미래에 대해 막연한 기대를 걸어보는 속성이 있다. 그러나 그것은 어디까지나 현재의 삶을 더욱 살찌게 하고 행복하게 하기 위한 양념 구실을 할 때만 의미를 지니게 된다는 사실을 잊어서는 안된다. 그리고 그런 의미에서 '오늘의 계란이 미래의 암닭보다 낫다'는 터키의 격언은 깊이 음미해볼 만하다.

하얀 참새

한 농부가 있었다. 그는 돈도 많고 땅도 많았는데 그 땅 또한 무척 비옥했다. 소와 말도 많았다. 그래서 부근에 사는 사람들은 모두들 그를 부러워했다.

그런데 알 수 없는 일이 발생했다. 그의 논에서 수확되는 곡식의 양이 해마다 줄어드는 것이었다. 그리고 소와 말도 몇 년 전과 비교해서 전혀 늘지 않았다.

"거참, 이상한 일이네 알 수 없는 일이야. 땅도 비옥하고 먹을 것도 많은데 왜 수확이 늘지 않는 것일까?"

농부는 하루가 다르게 몸이 마르기 시작했다. 원인이 어디에 있는지 전혀 알 길이 없었다.

하루는 친구가 찾아왔다.

두 사람은 풀밭에 앉아 담소를 나누었다. 농부는 친구에게 자신의 요즘 생활을 자세히 얘기했다. 친구는 고개를 숙인 채 한참 동안 생각에 잠겨 있었다. 그러더니 마침 떼를 지어 날아가는 참새를 가리키며 말했다.

"참새도 많기도 하구나. 혹시 자네 농장에 하얀 참새가 있을지 모르겠군."

그 말을 들은 농부는 농담하지 말라는 투로 말했다.

"나는 지금까지 살아오는 동안 하얀 참새가 있다는 이야기는 한 번도 못 들어 봤네……."

친구가 웃으면서 대꾸했다.

"아냐, 하얀 참새가 있다네. 그런데 다만 찾기가 어려울 뿐이거든. 전에 내가 들었는데 하얀 참새를 본 사람은 삽시간에 재산이 불어 갑부가 된다고 하더군."

농부는 하얀 참새를 보면 갑부가 된다는 말에 마음이 들뜨기 시작했다.

다음 날 아침, 해가 뜨자마자 일찍 자리에서 일어난 농부는 집 주위를 돌며 하얀 참새를 찾아 나섰다. 그런 다음 들에도 나가 보고 산에도 올라가 보았으나 그가 찾는 것은 눈에 띄질 않았다.

농부는 허탈한 심정을 안고 집으로 돌아왔다. 태양은 이미 높이 떠올라 찬란한 빛을 발하고 있었으나 농부의 집은 아직도 창문이 닫힌 채로 아무도 잠에서 깨어나지 않고 있었다.

농부는 다시 밖으로 나와 자기 농토와 가축들을 둘러보았다.

그때 농부는 어떤 젊은 남자가 곡식 가마니를 어깨에 지고 지나가고 있는 것을 발견했다.

농부는 뭔가 짚이는 데가 있어 그를 가로막았다.

"자, 젊은이. 그 곡식이 어디서 났는지 내게 말 좀 해주게나."

그러자 젊은이는 겁먹은 얼굴로 떠듬떠듬 말했다.

"저…… 잘못했습니다. 부디……용……서해……주십시오. 아저씨네의 곡식을 훔쳤습니다."

"맙소사. 그동안 내 곡식을 훔쳐다가 술과 바꿔 먹었구먼 그래."

농부는 어이가 없었지만 젊은이가 하도 사정하는 바람에 그를 용서하고 말았다. 그리고 나서 얼마 후에 농부는 다시 한 여자가 눈치를 살피며 슬금슬금 외양간으로 들어가 소 한 마리를 끌고 나오는 것을 발견했다.

"아이고 맙소사. 가축들도 저렇게 해서 늘지 않았던 거구만. 여보시오. 다 용서해 줄테니 그간의 일이나 좀 얘기해주시오."

그러자 그 여자는 모든 것을 털어놓았다.

"네, 여기서 소를 훔쳐다가 우시장에 내다 팔았습니다. 그 돈으로 이것저것 사기도 하고 놀기도 하고……"

이 말을 듣자 농부는 그동안의 의문이 말끔히 사라지며 어떤 깨달음을 얻었다.

'내가 그동안 너무 게으름을 피웠구나. 다 잘되겠지 하는 마음만 먹고.'

농부는 황급히 자기 집으로 돌아가 가족들을 깨웠다.

"빨리 일어나지 못해. 우리 재산이 빠져나가고 있다고. 어서 일어나서 재산을 지켜야만 돼. 알겠어? 이렇게 늦잠만 자고 있을 때가 아니라니까!"

농부의 호통에 놀란 가족들은 잠에서 깨어 농부가 하는 말을 듣고 그동안 일어났던 일의 원인이 모두 자신들에게 있음을 깨달았다.

"세상에……. 그런 줄도 모르고 무슨 귀신이 장난하는 줄로만 알고 있었으니 부끄럽습니다."

그 후부터 농부네 곡식의 수확량은 기하급수적으로 늘어나게 되었으며 소와 말의 숫자도 점점 늘어나기 시작했다.

농부는 주위 사람에게 이렇게 말했다.

"난 말이오. 내 친구에게 고맙다는 인사를 해야겠소. 그 친구가 하얀 참새 이야기를 하는 바람에 내 모든 의문이 다 해결되었으니 말이오."

죽비소리 | 우리는 바쁠수록 한 걸음 물러서서 보는 자세가 필요하다. 비가 갠 후의 산빛이 더욱 푸르고 깨끗하며, 한밤중에 울리는 종소리가 훨씬 맑다. 바깥만을 향했던 눈길을 돌려 다시금 자신의 영혼의 울림을 귀기울여 들을 수 있어야 하겠다.

훌륭한 스승과 제자

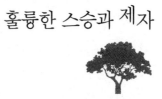

옛날 어느 나라에 어진 임금이 살고 있었는데, 어찌 된 일인지 하나밖에 없는 왕자가 성질이 고약하고 심술궂었기 때문에, 과연 이 망나니 같은 왕자에게 장차 왕의 자리를 물려줘야 할지, 왕은 걱정이 태산 같았다.

왕은 그 나라에서 가장 어질고 현명하다는 성자를 불러 왕자의 못된 성격을 바로잡아 달라고 부탁했다. 성자는 고개를 끄덕이며 그렇게 하겠다고 순순히 응했다.

그런데 성자가 궁에 들어와 하는 일이라곤 그저 숲 속을 한가로이 산책하는 일 뿐이어서 임금은 마음속으로 생각하기를,

'성자도 별 수 없군.'

하고 별로 기대를 하지 않았다.

그런데 어느 날 성자는 이제 막 새싹이 돋아나기 시작하는 풀

한 포기를 왕자에게 가리키며 그 새싹을 조금 씹어 맛을 보라고
했다. 왕자는 성자의 말대로 그 풀의 싹을 조금 뜯어 맛을 보았다.
그러자 왕자는 풀을 씹어 보다가 퉤퉤 하고 멀리 뱉어 버리고 말
았다.

"성자님, 이것은 독초입니다. 이제 막 올라오는 새싹에도 이 정
도의 독이 들어 있다면 이 풀이 다 자라면 많은 사람을 죽이겠습
니다."

하고서는 독초를 뽑아서 멀리 던져 버렸다.

그러자 성자가 조용히 말했다.

"왕자님, 왕자님께서는 이 독초를 조금 맛보시고 뿌리째 뽑아
멀리 던져 버리셨는데 만일 백성들이 왕자님을 이 독초와 같다고
여긴다면 어찌되겠습니까?"

"글쎄요……."

왕자는 지금까지 자기가 행해 온 지난 일들을 떠올려보며 생각
에 잠기더니 말했다.

"그렇군요. 제가 저 독초를 뿌리째 뽑아 멀리 버렸듯이 우리 백
성들도 저를 당장 없애 버리겠군요."

성자는 왕자에게 행실을 이렇게 하라는 등 아무런 충고도 하지
않았다. 그런데도 왕자는 그 후부터 못된 행실을 바로 고치게 되
었다. 아무리 훌륭한 가르침을 주는 스승이 있더라도 그 제자가
마음에 새겨듣지 않으면 부질없는 일이 되고 만다.

죽비소리 | 지혜는 생각을 통해 얻어지는 것이 아니다. 늘 자신의

마음을 통찰하고 개발하려 할 때 항상 깨달음의 인연이 닿게 되어 있는 것이다.

나그네의 깨달음

　한 나그네가 당나귀와 개를 데리고 여행을 하고 있었다. 그리고 그는 조그만 램프를 하나 준비하고 다녔다. 날이 어두워지자 나그네는 쉴 곳을 찾아 한 채의 허술한 헛간을 발견하고 거기서 자기로 했다. 그러나 잠을 자기에는 아직 일러서 램프에 불을 붙이고 책을 읽기 시작했다. 그때 갑자기 바람이 불어와 램프의 불이 꺼졌다. 그래서 그는 할 수 없이 잠을 청하기로 하였다. 그런데 그가 자는 동안 여우가 와서 그의 개를 물어 죽이고, 사자가 와서 당나귀를 죽여 버렸다.

　아침이 되자 그는 램프만을 가지고 홀로 근처의 마을로 들어가 보니 사람의 흔적이라곤 전혀 없었다. 그는 여기서, 전날 밤 도적떼가 이 마을에 쳐들어와 집을 모두 파괴해 버리고, 마을 사람들을 모두 죽여 버렸다는 사실을 알게 되었다.

만일 그가 잘 때 램프의 불이 꺼지지 않았더라면, 그도 역시 도둑들에게 발견되고 말았을 것이다. 그리고 또 개가 살아있었더라면, 소란을 피웠을 것이 분명했다. 결국 그는 이 모든 것을 잃어버린 덕분에 목숨을 부지할 수가 있었다.

나그네는 깨달았다.

'사람은 최악의 상태를 당해서도 희망을 잃어서는 안 된다. 나쁜 일이 좋은 일로 바뀔 수 있다는 사실을 알아야만 한다.'

죽비소리 | 고요한 가운데서 고요한 것을 즐기는 것은 참된 고요함이 아니다. 분주하고 시끄러움 속에서도 고요함을 보전할 줄 알아야만 마음의 참된 고요를 즐길 수 있는 것이다. 마찬가지로 안락한 환경 속에서 느낄 수 있는 행복은 누구라도 맛볼 수 있다. 괴로운 환경 속에서도 보전할 수 있는 행복이 참된 행복임을 알아야겠다.

어리석은 하인

어떤 상인이 먼 곳으로 여행을 떠나게 되었다. 그는 부자라서 떠나기 전에 그의 하인에게 문단속 잘하고 밧줄로 나귀를 묶어 잘 간수하라고 이르고는 여행을 떠났다.

집 주인이 여행을 떠난 뒤 얼마 안가 이웃집의 친구가 찾아와 같이 광대놀이 구경을 가자고 하였다. 그는 밧줄로 나귀를 묶어 문에 매어 두고는 친구와 함께 놀이를 갔다.

하인이 재미있게 놀다 집으로 돌아와 보니 도둑이 들어 집안의 값진 물건을 모두 훔쳐 갔다.

얼마 후 주인이 돌아와 재물을 도둑맞은 것을 알고 하인에게 물었다.

"집안의 귀중품이 모두 없어졌다. 어떻게 된 일이냐?"

"나리께서는 제게 문과 나귀와 밧줄만 잘 간수하라고 이르지 않으셨습니까?"

하인은 아주 당연하다는 듯이 말했다

"내가 너에게 문단속 잘하라고 이른 것은 바로 귀중품들 때문이 었다. 그런데 이것을 모두 잃어버렸으니 문이고 뭐고 쓸모 없게 되었고 너 또한 아무짝에도 쓸모없게 됐다."

태어나면 반드시 죽게 마련인 인간이 애욕의 노예가 되는 것도 이와 같은 것이다.

부처님은 항상 "감관의 문을 잘 단속하여 대상에 집착하지 말고 무명의 나귀와 애욕의 밧줄을 잘 지켜라"고 말씀하셨다. 그런데 어떤 비구들은 이 부처님의 말씀을 받들지 않고 이익만을 구하고 청빈한 척, 수행하는 척 하지만 마음은 산란하여 오욕락에 빠져 있다. 즉 형체와 소리와 냄새와 맛과 촉감에 현혹되고 마음은 무 명에 덮여 있는 것이다. 그래서 바른 생각과 깨달음의 재물을 모 두 잃고 만다.

죽비소리 | 우리는 가정이야말로 모든 행복의 원천이라고 하지만, 가정이 항상 이상적일 수만은 없다. 가족간에 불화가 있을 때에는 오히려 지옥같이 느껴질 때도 있다. 그러다보니 요즘 집에 일찍 들 어가기가 싫어 늦은 시간 길거리를 방황하다가 범죄의 구렁텅이로 빠져드는 청소년들이 늘고 있다. 부모의 무관심이나 가정불화로 빚 어지는 이런 비극은 어느 가정이나 결코 강 건너 등불만은 아닐 것 이다.

가정의 구성원 모두가 서로 사랑하고 도우며 이해로써 감싸나가는 데 가정의 행복이 있음을 잊지 말아야겠다.

늑대와 꼬리

어느 날, 늑대가 나들이를 갔다가 여러 마리의 큰 개들에게 쫓기게 되었다.

개들이 끈질기게 쫓아오는 바람에 조금만 지나면 늑대가 붙잡힐 처지였다. 이때 다행스럽게도 늑대는 산 속에서 굴을 발견했다. 그 굴은 안으로 들어가기에 알맞은 크기였기 때문에 늑대는 그 속으로 재빨리 뛰어들었다.

추적하던 개들은 그보다 몸집이 훨씬 컸기 때문에 굴 안으로 들어가지 못하고 밖에서 서성일 수밖에 없었다.

잠시 후 늑대는 쫓기느라 가쁜 숨을 겨우 진정시켰다. 기분이 좀 나아지자 그는 이 굴 속으로 들어온 것은 자신이 매우 영리했기 때문이라는 생각이 들었다.

그래서 늑대는 큰 소리로 물었다.

"나의 발들아, 내가 이 굴 속으로 들어오는 데 자네들은 나한테 무엇을 해주었지?"

그러자 발들이 이렇게 대답했다.

"물론 우리는 바위를 뛰어넘고 강을 건너서 자네를 여기까지 데려다주었지."

"그래, 훌륭한 발들이구나!"

다음에는 늑대가 귀에게 물었다.

"그럼 귀는 나에게 무엇을 해주었지?"

"우리는 오른쪽을 쫑긋 세우고 또 왼쪽을 쫑긋 세우면서 어느쪽으로 도망가야 하는지 알려주었지."

"그래 그래, 잘했다."

늑대는 이번에는 두 눈에게 물었다.

"너희는 나한테 무엇을 해주었지?"

물론 우리는 바른 방향을 알아보고 지시를 내렸지. 우리가 바로 이 굴을 발견한 거야."

두 개의 눈들이 이렇게 말했다.

"그래 그래, 잘했다."

그리고 늑대는 생각했다.

"이렇게 좋은 발과 이렇게 좋은 귀, 그리고 이렇게 좋은 눈을 가진 나는 얼마나 훌륭한 존재인가! 나는 정말 영리하단 말이야."

그러고는 땅바닥에 넓죽 엎드리려는데 꼬리가 자신의 등을 탁 쳤다.

늑대는 그제야 자신에게 꼬리가 있다는 것을 알아 차렸다.

그래서 꼬리에게 이렇게 물었다.

"꼬리야, 너는 나한테 무엇을 해주었지? 아무것도 거들어주지 않은 게 틀림없어. 너는 내가 데려가는 것만 믿고 그저 내 꽁무니에 매달려 있었지. 그리고 나를 도우려고도 하지 않았어. 너 때문에 하마터면 개한테 붙들릴 뻔했다고. 도대체 너는 내게 무엇을 해주었지!"

그 말을 들은 늑대의 꼬리는 몹시 기분이 상해서 이렇게 말했다.

"내가 무엇을 했냐고? 나는 개들한테 너를 붙잡으라는 표시로 꼬리를 흔들었지."

그러자 늑대는,

"이 나쁜 꼬리 녀석 같으니라고!"

하고 소리치며 빙빙 돌면서 있는 힘을 다해 꼬리를 붙잡으려고 했다. 그리고 매우 화가 나서 소리쳤다.

"지금 당장 여기서 나가! 이 더럽고 쓸모없는 꼬리 녀석아! 이 굴 속에서 당장 나가라고!"

이윽고 늑대는 자기 꼬리를 굴 밖으로 내 보냈다. 물론 꼬리를 밖으로 내 밀었을 때 자신도 함께 밖으로 나올 수밖에 없었다. 그러자 늑대의 넋두리를 밖에서 들으며 기다리고 있던 개들은 늑대를 덥석 붙들고 말았다.

죽비 소리 | 가장 가까이 있는 사람들에게서조차 이해득실을 따지는 데에 골몰하는 자신을 발견하는 경우가 있다. 하지만 존재의 가치를 쓸모 있음에만 둔다면, 우리의 삶은 더욱 공허할 것이다. 우리와 가까운 사람들의 숨소리는 그 자체만으로도 힘이 된다.

신의를 지킨 신하

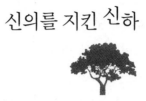

옛날 카시국에 오백 마리의 기러기가 살고 있었다.
이 기러기를 거느리는 기러기 왕의 이름은 뇌타인데, 뇌타에게는
소마라는 신하가 있었다.

어느 날 기러기 왕이 사냥꾼에게 잡히게 되자 오백 마리 기러기
들은 모두 왕을 버리고 달아났지만 오직 소마만은 왕의 곁을 떠나
지 않고 사냥꾼에게 애원했다.

"우리 왕을 놓아주십시오. 제가 대신 잡혀가겠습니다."

하지만 사냥꾼은 들은 척도 않고 기러기 왕을 이 나라 범마요왕
에게 바쳤다.

이때 범마요왕이 기러기 왕에게 물었다.

"지금 심정이 어떤가?"

"이 나라 왕의 큰 은혜를 입어 맑은 물을 먹고, 또 좋은 풀을 먹

으며 언제나 편안하게 이 나라에서 살아가고 있습니다. 다만 바라는 것은 저 모든 기러기들을 아무 두려움 없이 편안하게 살도록 해주십시오."

이때 오백 마리의 기러기들이 왕궁 위를 선회하면서 울었다. 왕이

"저 기러기들은 무슨 기러기인가?"

"저의 식구들입니다."

왕은 이 말을 듣자 다시는 기러기를 잡지 못하도록 명령을 내렸다. 기러기 왕은 기쁘고 고마운 마음에 왕에게 다음과 같이 아뢰었다.

"부디 정법으로 나라를 다스리십시오. 세상은 무상합니다. 부디 사랑하는 마음으로 일체 중생을 보살피시고, 정법을 닦고 행하여 많은 공덕을 지으십시오. 대왕이시여! 어떠한 부귀영화도 무상의 법 앞에서는 모두가 허무로 돌아가고 맙니다. 또 어떠한 몸도 병 앞에서는 다 부서지고 맙니다. 어떠한 젊음도 늙음 앞에서 사라지고 맙니다. 또 어떠한 생명도 피할 수 없는 죽음의 산 앞에서는 무너지고 사라지게 되어 있습니다.

생명을 가진 무리는 모두가 이 죽음을 면할 수가 없는 것입니다. 그러므로 항상 자비로운 마음을 가지고 정성껏 정법을 행하십시오. 만일 이렇게 하신다면 죽을 때에도 후회가 없을 것입니다. 후회가 없기 때문에 좋은 곳에서 태어나서 반드시 성현들을 만나게 될 것이며, 성현들을 만나게 되면 생사를 벗고 해탈을 얻게 될 것입니다."

이 말을 마치자 왕은 기러기 왕 곁에 서있는 소마에게 물었다.

"너는 왜 잠자코 있느냐?"

"지금 기러기 왕과 인간의 왕이 말씀을 하고 계시는데, 제가 끼어 든다는 것은 예의가 아니기 때문입니다."

그러자 소마의 대답을 듣고 왕은 감탄을 금하지 못했다.

"과연 실로 드물게 보는 일이구나. 너는 기러기임에도 불구하고 충신의 절개를 지켜 왕 대신 목숨을 바치려고 했다. 이것은 사람으로서 지키기 어려운 절개이다. 그리고 겸손함을 지켜 함부로 남의 말에 끼여들지 않으려 하니 참으로 보기 드문 군신의 의리로구나."

왕은 온갖 호의를 베푼 다음 그들을 놓아주었다.

"비구들이여, 그때의 기러기 왕은 바로 지금의 나요, 소마는 지금의 아난다이다. 그리고 범마요왕은 바로 나의 아버지 정반왕이며, 그 사냥꾼은 바로 제바달다이니라."

죽비 소리 | 선악이 따로 있는 것은 아니다. 우리들 마음속에는 항상 선악이 함께 존재하고 있으며, 우리 자신의 마음가짐에 따라 그것은 선으로도 악으로도 나타나는 것이다. 그래서 부처님께서는 '악한 마음이 일어나지 않도록 마음을 잘 다스려 항상 선한 마음이 머물게 하면, 그것이 곧 성불로 가는 길'이라고 하셨다.

수다쟁이 왕

어느 때 보살이 재상의 집에 태어나 장성한 뒤에는 왕의 스승이 되었다. 그 왕은 말하는 것을 몹시 좋아하였다. 그래서 왕이 말하고 있을 때에는 다른 사람은 전혀 말을 붙일 수가 없었다. 보살은 어떻게 하면 왕의 버릇을 고쳐 줄까 하고 궁리를 했다.

마침 그때 히말라야산 밑에 있는 어떤 호수에 거북 한 마리가 살고 있었다. 거기에 백조 두 마리가 먹이를 찾아와 거북과 친해졌다. 하루는 백조가 거북에게 말했다.

"우리가 살던 히말라야 중턱에는 눈부신 황금 굴이 있는데 우리와 함께 가보지 않겠소?"

"내가 거기까지 어떻게 갈 수 있겠소."

"우리가 당신을 데려다 드리지요. 당신이 만일 입을 다물고 아무하고도 말을 하지 않겠다는 약속만 지키면 됩니다."

"좋소. 입을 다물겠소. 어떻게든지 나를 그곳으로 데려가 주시오."

백조는 나뭇가지 하나를 거북의 입에 물린 후 자기들은 그 양쪽 끝을 물고 하늘을 날았다. 백조가 거북을 데리고 가는 것을 본 동네 아이들이 떠들어댔다.

"야, 거북이가 백조에게 물려간다."

거북은 아이들에게 욕을 해주고 싶어졌다.

"친구가 나를 데리고 가는데 너희가 무슨 상관이냐. 이 고얀 놈들!"

거북은 말을 하고 싶어 물었던 나뭇가지를 생각 없이 놓아 버리자 그만 땅에 떨어져 두 조각이 나고 말았다. 이때 백조는 빠른 속력으로 궁전 위를 지나가던 참이었다. 왕은 궁전 뜰에 떨어져 조각난 거북을 보고 보살에게 물었다.

"스승님, 어떻게 해서 거북이 떨어져 죽었습니까?"

"거북과 백조는 서로 믿고 의지하는 사이였을 것입니다. 백조가 거북에게 히말라야로 데려다 주겠다고 나뭇가지를 물리고 하늘을 날았을 것입니다. 그러다가 거북이 입을 다 물고 있을 수 없어 무엇을 지껄이려하다가 나뭇가지를 놓아 버린 것입니다. 그래서 공중에서 떨어져 목숨을 잃은 것입니다. 너무 지나치게 말이 많은 사람은 언젠가는 이와 같이 불행을 당하는 법입니다."

그 후부터 왕은 말을 삼가하게 되었다

죽비 소리 | 세상을 살아가는데는 기쁨과 슬픔이 늘 함께 하게 되어 있다. 즐거움도 괴로움도 모두 다 내 것으로 받아들일 때 진정한 삶의 의미가 우리 앞에 펼쳐진다는 사실을 깊이 새기자.

독 속의 여인

장가를 들어 아내를 끔찍이 사랑하던 남편은, 어느 날 아내에게 포도주를 떠오도록 하였다. 술독을 연 아내는 그 속에 들어 있는 여자를 보고 놀랐다. 그리고는 생각하였다.

'남편은 나 말고도 여자를 여기다 숨겨 놓았구나!'

이윽고 방에 들어가서 남편에게 따져 물었다.

"여보, 당신은 어째서 여자를 데려다가 독 속에 숨겨 두었소?"

남편은 엉뚱한 항의에 놀라, 그게 무슨 소리냐면서 술독으로 달려갔다. 그런데 남편은 그 속에 여자가 아닌 남자가 들어 있는 것을 보았다. 남편은 노발대발하여 아내를 꾸짖었다.

"몹쓸 여자야, 뻔뻔하게 어떤 놈팽이를 독 속에 숨겨 놓고서 도리어 나더러 여자를 숨겼냐고 하느냐?"

마침내 싸움은 점점 격렬하여 서로 밀치며 다투는 바람에 술독이 깨지고 말았다.

하지만 술독이 깨어지고 술이 쏟아져 나왔으나 그 안에는 아무
도 없었다. 그제서야 부부는 그 술독 안의 여자와 남자가 자신들
의 그림자임을 알게 되었다.

죽비소리 | 어려움 속에 더 큰 어려움을 만나게 되면 처음의 어려
움은 오히려 행복으로 비쳐지게 된다. 그러므로 지혜의 힘을 기르기
위해서는 최악의 경우도 참아내는 훈련이 필요하다.

아들을 죽인 어리석은 부인

옛날에 한 부인이 살았다. 그녀는 첫아들을 낳았다. 아들이 곱게 자라는 모습이 대견하기만 했다. 그래서 아들을 또 낳으려고 이웃집 부인에게 물었다. 그때 어떤 노파가 대답했다.

"내가 아들을 구해줄테니 시키는 대로 하겠느냐?"

"그렇게만 된다면 뭐든지 시키는 대로 하겠습니다."

"하늘에 제사를 지내면 된다."

"그 제사에는 어떤 재물을 써야 합니까?"

"너의 큰 아들을 죽여 피로 하늘에 제사하면 반드시 아들을 얻을 것이다."

부인은 노파의 말을 믿고 큰 아들을 죽이려 했다. 그러자 곁에 있던 지혜로운 사람이 비웃으며 꾸짖었다.

"어째서 당신은 그리 어리석소? 아직 배지도 않은 아이인데 낳을지 못 낳을지도 모르면서 살아 있는 아들을 죽이려 하는 거요? 설사 낳는다 하더라도 하나를 죽여 하나를 얻으니 피로만 더하고 슬픔만 더할 것이 아니겠소?"

범부들도 이와 같나니 아직 나지도 않은 즐거움을 위해 스스로 불구덩으로 몸을 던지거나 해치면서 하늘에 태어 날 것이라고 믿는 사람은 산 자식을 죽여 생기지도 않은 자식을 얻고자 하는 저 어리석은 여인과 같다.

죽비소리 | 삶에는 어떤 의미가 있는가. 만일 의미가 있다면 삶보다 더 가치있는 것이 있을 수도 있다는 얘기가 된다. 그러므로 가치에는 의미가 붙을 수가 없다. 진리라는 것에도 의미가 붙을 수 없다. 구태여 이름을 붙이자면 무의미 즉 백지와 같은 것이다. 백지는 어떤 의미도 갖지 않는다. 그러면서 다른 모든 색깔들이 의미를 가질 수 있도록 본바탕의 역할만을 할 뿐이다. 우리들의 삶이라는 것도 백지와 같아질 때 진정 최상의 것으로서 절정을 이루는 것이다.

토끼의 지혜

　한 마리의 사자가 어느 날 숲 속을 찾아왔다. 금빛 찬란한 목덜미의 털이 햇빛을 받아 더욱 빛나고 있었다. 사자는 커다란 두 눈을 부릅뜨고 천천히 숲 속을 돌아다니면서 떠들어 댔다.

　"이 숲 속에 살고 있는 짐승들은 잘 들어라. 오늘부터 내가 이 숲 속의 임금님이 될 터이니 그렇게들 알아라."

　이 소리를 들은 숲 속의 동물들은 큰일이 났다고 수군거리면서 무서워 바들바들 떨고 있었다. 숲 속에는 사자를 이겨낼 만한 짐승이 한 마리도 없었다. 사자의 무서운 소리를 들은 동물들은 꼼짝 못하고 각자의 동굴에 틀어 박혀서 떨고만 있었다.

　사자는 숲 속을 걸어 다니며 숨어있는 짐승들이 눈에 띄기만 하면 즉시 잡아먹고 말았다. 숲 속의 동물들은 죽음의 공포 속에서 모두가 떨고만 있었다.

언제 죽을지 모르는 죽음의 공포는 날이 갈수록 더 심해갔다. 그러나 그대로 있으면 머지않아 모두가 사자의 밥이 되어 버려 숲 속에는 한 마리의 동물도 살아남지 못할 것이라고 생각하게 되었다.

어느 날 밤, 사자가 잠들 무렵을 이용하여 동물들이 한자리에 모여 회의를 했다. 며칠 밤을 계속해서 회의를 한 결과, 사자를 찾아가 함께 얘기를 하기로 하였다.

함께 동굴로 간 동물들 중에 먼저 고슴도치가 용기를 내어 말했다.

"임금님! 저희가 드리고 싶은 말씀이 있어서 이렇게 찾아왔습니다."

"응, 그래, 어서 말해봐라."

사자는 엉금엉금 동굴 밖으로 나와서 거만하게 앉았다. 그 모습을 본 짐승들은 몸을 바들바들 떨고만 있었다.

고슴도치는 앞으로 나아가서 당당하게 말했다.

"임금님이 요즘같이 식사를 잘하시면 이제 며칠 후에는 이 숲 속의 짐승들은 한 마리도 남지 않을 것입니다. 그렇게 되면 임금님도 배가 고프셔서 곤란하실 것입니다. 곤란해 하실 임금님을 생각해서 사실 저희들이 회의를 했답니다. 오늘부터는 저희들이 매일 한 마리씩을 임금님이 잡수시도록 할 테니 한 마리 외의 짐승들은 그냥 놓아주십시오."

그러자 사자는 지그시 두 눈을 감은 채 고개를 끄덕였다.

"그렇게 하도록 하지. 너희들이 회의에서 결정된 대로 하겠다. 다만 매일 내가 먹을 짐승이 여기 와야 한다. 만일 하루라도 빠지는 일이 생긴다면 그때는 너희들을 모두 죽여버릴 것이야."

"네, 그렇게 약속하겠습니다."

그날부터 짐승들은 한 마리씩 사자의 동굴로 찾아가서 사자의 밥이 되어갔다. 순서를 정해 사자를 찾아가도록 되어 있었지만 날마다 친구 한 마리씩은 이별을 해야 했다. 그럴 때마다 숲 속의 짐승들은 서럽게 울었다.

어느 날, 작은 토끼의 차례가 되었다.

작은 토끼는 울면서 동굴을 떠나 사자의 집으로 발길을 옮겼다.

사자의 집을 향해 길을 걸으면서,

'어떻게 사자에게 먹히지 않을 방법이 없을까?'

하며 골똘하게 생각하고 있을 때 마침 길 옆 우물가를 지나가게 되었다. 토끼는 우물가로 가서 우물을 들여다보니 깊숙한 우물 속에서 작은 토끼의 근심스런 모습이 비쳐졌다.

'옳지, 좋은 생각이 있어' 하면서 토끼는 가던 길을 돌아서서 자기의 동굴로 돌아오고 말았다. 그리고 한참을 놀다가 저녁 무렵이 되어서야 비로소 사자의 집을 찾아갔다.

온종일 기다리다 지친 사자는 화가 잔뜩 나서 자기 동굴을 왔다 갔다하며 큰소리를 치고 있었다.

"이렇게 늦은 일은 처음 있는 일이야, 내일은 저놈들을 모두 잡아먹고 말겠다."

그때 사자 앞에 토끼가 허둥지둥 뛰어와서 어쩔 줄을 모르고 엎드려 가쁜 숨을 쉬고 있었다. 사자는 화가 잔뜩 나서 큰소리를 쳤다.

"왜 이렇게 늦었어, 배가 고파서 견딜 수가 없었는데, 오늘로 너희들하고의 약속은 끝났어, 내일부터는 내가 나가서 마음대로 잡아 먹어야겠다."

작은 토끼는 아주 가느다란 소리로 말했다.

"임금님, 제 이야기를 들어보세요. 사실은 어느 날보다도 일찍
나왔습니다."

"그런데 왜 늦었어?"

"제가 여기로 오는 도중에 임금님보다도 더 큰 사자를 만났습니
다. 그 사자가 저를 부르더니 '너 지금 어디가?' 하고 물었답니다.
저는 '이 숲 속 임금님의 먹이가 되려고 가는 중입니다.' 하고 대
답을 하였습니다.

그런데 그 사자는 '이 숲은 내 것이야. 오늘부터 내가 이 숲 속
의 임금님이다. 그리고 네가 말한 것처럼 그런 사자 이야기는 들
은 일이 없어. 그런 나쁜 놈이 어디 있어. 그 놈을 당장 여기로 끌
고와. 내가 단숨에 없애 버리겠다.'라고 말하지 않겠어요?"

"뭐라고?"

사자는 더욱 더 화가 났다.

"너는 어서 나를 그 사자가 있는 곳으로 안내하라. 내가 그놈을
없애버리겠다."

토끼는 사자를 데리고 밖으로 나왔다.

"그 나쁜 놈이 어디 살지?"

"예, 저 숲 속 동굴 속에 삽니다. 그런데 그 사자의 집은 깊어서
쉽게 손이 닿지가 않을 겁니다. 아마 임금님이 이 사자를 보시면
놀라서 달아나실지도 모르겠는데요."

"걱정말고 어서 가자."

토끼는 서둘러 사자를 우물가까지 데리고 왔다.

"임금님, 보십시오. 저 사자는 지금 조금 전과는 정반대의 모습

을 하고 저 동굴 속에 들어가 숨어 있답니다."

"어디야, 그 동굴이?"

우물을 들여다 보니 또 한 마리의 사자가 자기를 바라보고 있었다.

"어 — 흥!"

사자는 큰소리를 쳤다.

사자의 외침은 우물 속에서 우렁차게 다시 들려왔다.

그러자 "이 놈"하며 우물 속으로 사자가 뛰어 들었다. 잠시 후 자신의 어리석음을 깨달은 사자가 살려달라며 고함을 쳤지만 아무도 그를 도와 주지 않았다.

마침내 작은 토끼의 지혜로 인하여 다시 숲 속에는 평화가 찾아왔다.

죽비 소리 | 직업은 하나하나가 소중하다. 자기만을 위한 것이 아니라 모든 이들을 위해 서로 간에 봉사하는 역할을 분담한 것이기 때문이다. 그러므로 한 사회는 각양각색의 직업이 있게 마련이지만, 각자가 맡은 직업에 긍지와 자부심을 갖고 정직하게 살아갈 때 그 직업이 무엇이든 더없는 가치를 지니게 된다는 것이 불교의 직업관이다.

나그네와 오두막집

어떤 마을에 아주 오래된 오두막집이 있었다.

그곳 주민들은 이 오두막집에 악한 귀신이 있다고 믿고 그 근처에는 얼씬도 하지 않았다.

나그네 두 사람이 이 마을에 와서 쉬어가기를 청하였다. 그러자 집집마다 얼굴만 삐죽이 내밀고는 한결같이 거절했다. 그러면서 모두가 그 빈 오두막집 이야기를 들려주었다.

그 중 한 사람이 자기는 대담하다고 장담하면서,

"내가 이 집에 들어가 하룻밤을 지내보겠네."

하고는 오두막집 방으로 들어갔다. 한참 지난 후 또 한 사람도 용기를 내어 방문을 열고 들어가려고 했다. 자기 딴에는 매우 대담하다고 생각했다.

이 광경을 보고 있던 마을 사람들이

"그 방안에는 악귀가 있다."

고 말렸지만 아랑곳하지 않았다. 그런데 아무리 해도 문이 열리지 않았다. 방안에 먼저 들어간 사람이 귀신이 들어올까봐 문을 잠가 버렸기 때문이었다. 하지만 문 밖에 섰던 사람은 그것이 귀신의 짓이라고 생각했고 안에 있던 사람은 귀신이 들어오려는 것으로 생각했다.

마침내 두 사람은

"들어오지 못한다."

"들어가겠다."

하면서 밤새도록 실랑이를 했다.

이윽고 날이 밝아서야 두 사람은 귀신의 짓이 아님을 알았다. 그리고는 서로 바라보며 한바탕 늘어지게 웃었다.

세상 범부들도 이와 같다. 인연이 잠깐 모였을 뿐, 주인될 것이 하나 없는데 옳고 그름을 제멋대로 짐작하여 서로 다투는 사람은 마치 없는 귀신을 있다고 생각하는 것과 같은 것이다.

죽비소리 | 분노는 남에게 아무런 손해도 주지 않지만, 자기 자신에게 독약과 같은 것이다. 그러므로 「명심보감」의 말처럼 한때의 분함을 참아서 백날의 근심을 면하는 인내와 지혜가 필요하다.

옹기장이와 나귀

옛날 한 바라문이 큰 잔치를 베풀려고 했다. 그는 제자에게 잔치에 쓸 질그릇을 마련해야겠으니 옹기장이를 한 사람 데려오라고 했다.

제자는 옹기장이 집을 찾아 나섰다. 도중에 그는 질그릇을 나귀 등에 싣고 팔러 가는 사람을 만났다. 그런데 잘못하여 나귀가 질그릇을 떨어뜨리는 바람에 그릇이 모두 깨어지고 말았다.

그 사람은 울면서 어찌할 바를 몰랐다. 이 모습을 지켜보던 바라문의 제자는 그에게 물었다.

"왜 그렇게 슬퍼하십니까?"

"오랜 고생 끝에 그릇을 만들어 장에 내다 팔려고 가는 길인데 이 못된 나귀 때문에 모두 깨여졌으니 이를 어떻게 합니까?"

제자는 그 말을 듣고 이렇게 말했다.

"이 나귀야말로 참으로 훌륭합니다. 오랜 시간이 걸려 만든 그 릇을 잠깐 사이에 모두 깨뜨려 버리니 그 솜씨가 대단하지 않습니 까. 내가 그 나귀를 사겠습니다."

옹기장이는 기뻐하며 나귀를 팔았다.

제자는 그 나귀를 타고 돌아왔다. 그를 본 스승은 제자에게 물 었다.

"옹기장이는 데려오지 않고 웬 나귀를 끌고 오느냐?"

"옹기장이보다 나귀가 더 필요합니다. 옹기장이가 오랜 시간을 들여 만든 질그릇을 나귀는 잠깐 동안에 모두 깨뜨려 버립니다."

그때 스승은 이렇게 말했다.

"너는 미련하고 지혜란 조금도 없구나. 이 나귀는 깨드리는 일 을 잘 할지 모르나 백 년을 걸려도 그릇 하나 만들지는 못한다."

세상에 은혜를 모르는 무지한 사람들도 그와 같다. 오랫동안 남 의 은혜를 입고서도 그것을 갚을 줄은 모른다. 뿐만 아니라 손해 만 끼치고 조금도 이익을 주지 못한다. 은혜를 배반하는 사람이 이 비유와 무엇이 다르랴.

죽비소리 | 행운은 준비된 자에게만 찾아온다. 아무런 준비도 없 이 행운이 찾아오길 바라는 것은 씨앗을 뿌리거나 나무를 심지도 않 고 아름다운 열매가 열리기를 바라는 것과 같다. 요행도 행운의 한 가지다. 어느 날 갑자기 눈먼 행운이 굴러 들어오더라도 그것을 잡 을 준비가 되어 있지 않다면 곧 그마저도 바람처럼 비껴가고 마는 것이다.

장자의 지혜

옛날에 어떤 사람이 어려서 집을 떠나 수십 년간 떠돌며 걸식을 하였다. 나이를 먹을수록 어려움은 심하여졌다. 아들을 잃은 아버지는 아들을 찾아 여러 곳을 다니다가 한 고을에 머물러 살게 되었는데 재산이 아주 많았다.

그때 아들은 각처를 유랑하다가 우연히 그 아버지의 집 문전에 이르렀다. 아들은 그 집이 자기 아버지의 집인 줄을 몰랐으나, 집 주인인 아버지는 문전에 서있는 사람이 자기 아들임을 알고 반갑고 기뻐서 측근의 사람을 보내어 그 아들을 데려오게 하였다. 그 아들은 갑자기 자기를 잡아가려고 하는 줄 알고 놀람과 두려움에 멀리 도망쳐 버렸다.

아버지는 강제로 데려올 것이 아니라 방편을 써야겠다고 생각하고 다시 행색이 초췌한 두 사람을 보내어 데려오게 하였다. 그리고 거름을 치고 청소를 하는 막일을 하도록 하였다. 아버지는 일하고 있는 아들을 찾아가 여러 가지로 위로하며 자기 집에서 오래오래 일하도록 당부하였다.

아들은 점차 그 집의 여러 가지 사정과 재산관리에 능숙하게 되기는 하였으나 아직 자신이 주인집 아들이라는 사실을 알지 못했다.

여러 해가 지난 뒤 아버지는 몸이 점점 노쇠하여 멀지 않아 임종에 이를 것을 알고 많은 사람들을 불러놓고,

"이 아이는 나의 친 자식이요, 나는 이 아이의 친 아버지요."

라고 말했다. 그 말을 들은 아들과 주위 사람들은 깜짝 놀랐다. 모든 장자의 설명을 듣고는 모두 장자의 지혜와 깊은 마음에 탄복하였다.

죽비소리 | 사람으로 태어났으면 다음과 같은 일로 부모에게 효도해야 한다. 부모를 잘 받들어 아쉬움이 없게 하고, 할 일이 있으면 먼저 부모에게 알리며, 부모가 하시는 일에 순종해 거스르지 않아야 한다. 부모의 당부를 어기지 않으며, 부모가 경영하던 바른 사업을 계승해 끊이지 않게 해야 한다. 자식이 부모를 받들어 효도로써 섬기면 부모는 편안해 아무 걱정이 없을 것이다.

어리석은 소치기

옛날 한 소치기가 있었다. 그에게는 이백오십 마리의 소가 있었고 그는 언제나 소를 물과 풀이 있는 곳으로 몰고가 때를 맞추어 먹였다.

이 날도 소치기는 소 떼를 몰고 물과 풀이 많은 곳에서 소에게 풀을 뜯기고 있었는데, 갑자기 호랑이가 나타나 소를 한 마리 잡아 먹었다.

이제 그의 소는 249마리가 되었다. 그래서 그 소치기는 곰곰이 생각했다.

'이미 한 마리를 잃었으니 이제 완전한 것은 못 된다. 그러니 완전치 못한 소 떼를 어디다 쓸 수 있겠는가?'

그리하여 그는 곧 깊은 구덩이와 높은 언덕으로 소를 몰고 가서 구덩이에 몰아넣고, 또 벼랑에서 떨어뜨려 모두 죽여버리고 말았다.

　범부들 또한 이와 같다. 세상이란 완전한 것이 없는 법인데 실수나 어긋난 행동을 범한 후 이를 고치려는 노력은 하지 않고 절망하여 포기하는 자는 저 어리석은 소치는 자와 같다

죽비소리 | 진정 말을 잘 한다는 것은 말의 매끄럽고 거친데 있는 것이 아니라 마음에 위안이 되고 양식이 될 수 있는 말, 그리고 말의 향기가 오래 마음에 남아 두고두고 생각나게 하는 말을 할 줄 아는 것이라 하겠다.